Iris Antonia Kogler

221 Tage

epubli

Lektorat: Dominik Dombrowski
Umschlagbild: Iris Antonia Kogler
Verlag und Druck: epubli - ein Service der neopubli GmbH, Berlin

Homepage: www.iris-antonia-kogler.com
Kontakt: autorin@iris-antonia-kogler.de

Teil I
Vom Suchen und Finden

September

In Marks Büro gibt es wenig Himmel. Da ist nur ein schmaler Streifen, der sich zwischen zwei Hochhäusern hindurchdrängelt und heute trüb aussieht. Er überlegt, ob die beiden Häuser näher zusammengerückt sind. Jeden Tag nur ein winziges Stückchen, denn eine größere Verschiebung der Gebäude wäre ihm aufgefallen. Auf der Straße hätte er dann Asphaltbrocken gesehen, die durch das Zusammenschieben der Straße entstanden wären. Aber wenn sich die Häuserriesen jeden Tag nur wenige Millimeter aufeinander zu bewegten, fiele es niemandem auf. Heute aber ist Mark sich sicher, dass sie sich bewegt haben, denn der Himmelsabschnitt zwischen ihnen ist kleiner geworden. Er nimmt ein Lineal aus dem Becher auf seinem Schreibtisch und hält es in die Höhe. Ein Flugzeug fliegt durch das Grau. Er misst 14,3 Zentimeter Himmel und schreibt die Zahl auf einen kleinen, gelben Zettel. Das Telefon klingelt.

„Ich bin´s“, sagt Sarah, „denkst du an unseren Termin heute Abend?“

„Ja, ich werde früher Schluss machen.“ Mark hält das Lineal noch einmal in die Luft. 14,3 Zentimeter.

„Es ist wirklich wichtig, dass du bei der Sache bist, Mark“, sagt seine Frau.

Mark misst den Abstand der Hochhäuser weiter

unten, etwa auf Höhe des zwölften Stockwerks.

„Mark? Ich will nur sichergehen, dass du rechtzeitig kommst. Ich dachte, wenn du wieder länger im Büro bleibst-"

„Ja, ich werde da sein", unterbricht Mark sie. Er hat eine minimale Abweichung von zwei Millimetern entdeckt, gemessen auf der Höhe des Büros mit der Grünlilie auf der Fensterbank. Auf den Zettel schreibt er *Grünzeug 14,1 Zentimeter* und legt auf. Die Abweichung muss an seiner Messung liegen, weil er das Lineal nicht im exakt gleichen Abstand von sich weggehalten hat. Also rollt er mit seinem Schreibtischstuhl zur Seite, an seinem Tisch vorbei an eine Stelle, von der aus sich eine Strebe des Fensters mit der Außenkante des einen Hochhauses deckt. An die Außenkante des anderen Hochhauses hält er nun sein Lineal, dieses Mal hochkant, und ist sich sicher, dass es eine Abweichung gibt. Er rollt zurück an seinen Tisch, und gerade, als er ihn erreicht, wird die Tür nach nur einer Andeutung eines Klopfens geöffnet. Ein Kollege kommt herein und braucht einige Unterlagen. Was, wenn er Mark bei der Vermessung des Himmels gesehen, ihn bei dieser kindischen Tätigkeit erwischt hätte? Mark stellt sich die Situation vor, in der sein Kollege sagen würde: „Was machst du da?", und Mark würde antworten: „Ich vermesse den Himmel." Sein Kollege würde ihn mit einer Mischung aus Ungläubigkeit und Mitleid ansehen, vielleicht auch mit Abscheu. Mark stellt sich die Situation noch einmal vor. Er sitzt mit dem Lineal da, schaut konzentriert darauf, und es würde klopfen, ohne dass sich die Tür gleich öffnet. Mark würde ein ruhiges „Herein" rufen und der Kollege würde den Kopf durch die Tür stecken, anstatt einfach so hereinzuplatzen, als wäre dies sein Büro. Auf die Frage, was er da mache, würde Mark antworten: „Ich vermesse den Himmel. Aufgrund der Wetterlage erscheint er heute in einem leichten Grau, und die Häuser haben sich um zwei Millimeter aufeinander zubewegt." Sein Kollege würde hereinkommen und fragen, was man da nun tun solle. Er würde ihm, Mark dem Himmelsvermesser, diese Frage ehrfürchtig stellen, weil er ihn und seine Arbeit anerkennt und wertschätzt.

Mark zieht sich aus seinen Überlegungen heraus, verspürt ein Gefühl der Scham darüber, solch kindische Gedankengänge zu haben. Ständig lebt er in Gedanken und in Träumereien von einem anderen Leben.

Zwei Stunden später hört er den Geräuschen der Stadt zu, an denen er auf seinem Rad vorbeifährt. Das Aufprallen eines Balls und das Geräusch seiner Drehung über den Asphalt, als ein Junge ihn von sich weg kickt. Baustellenlärm, ein lautes Motorrad, das ihn überholt. So ist die Stadt, so hört sich Leben in Zwischenräumen an. An der Haltelinie einer Linksabbiegerspur bleibt er stehen. Der Fahrer des Autos neben ihm telefoniert über die Freisprechanlage. Arbeit im Auto. Auch so ein Zwischenraum, oder doch ein Schloss? Mark hört der Arroganz zu, diesem Wichtigsein des Mannes. Er will es nicht länger hören und fährt über den Fußgängerübergang nach rechts Richtung Uferpromenade.

Sarah holt das Obst aus den Einkaufstüten, wäscht es ab und legt es in die Schale. Sie wird es noch einmal waschen, bevor sie es isst. Das Wasser stellt sie in den Getränkeschrank, den Wein rechts daneben, das Bier nach unten. Das Gemüse in die unteren Fächer im Kühlschrank. Es ist noch Huhn von gestern da. Sie faltet die Tüten zusammen, Kante auf Kante, und legt sie in die Schublade zu den anderen. Mark hat seine Tasse von heute Morgen stehen lassen, Sarah räumt sie weg und wischt mit einem Tuch die Theke ab. Die Blumen, die darauf stehen, sehen noch gut aus und dürfen daher bleiben. Sie wählt Marks Nummer und fährt mit dem Finger über die Theke, so dass es ein leises, quietschendes Geräusch gibt. Sie hält inne, hört dem Freizeichen zu, ihre Fingerkuppe verfärbt sich durch den Druck auf die Theke.
„Hey", sagt Mark, als er endlich an sein Handy geht, „ich bin unterwegs."
„Wo bist du?"
„An der Uferpromenade."
„Warum?" Sarah nimmt das Tuch wieder zur Hand.
„Ich bin auf dem Heimweg."
„Am Fluss entlang?"

„Ja.“
„Warum?“
„Ich hatte einfach Lust dazu.“
„Wir haben einen Termin heute.“
„Ja, ich weiß, aber es ist noch Zeit.“ Mark hört, wie Sarah ein Putzmittel versprüht.
„Ich warte hier auf dich“, sagt sie.

Die Farbe müsste reichen, denkt Andrea, nimmt den Eimer, holt Schwung und schüttet die Farbe gegen die Leinwand, wo sie aufprallt und dann beginnt, langsam herunter zu fließen. Andrea nimmt ihre Zigarette aus dem Mund und wirft sie in den Eimer, wo die Reste der Farbe nach ihr greifen und die Glut ersticken. Achtlos stellt sie den Eimer zur Seite und sieht der Farbe zu, die langsam von der Leinwand zu tropfen beginnt. Eine Wolke zieht an der Sonne vorbei, ihr Schatten huscht über den Boden des Ateliers und über das neu begonnene Bild. Eine interessante Sache, weil sich der Wolkenschatten viel schneller bewegt als die Farbe. Andrea sucht eine Dose Blau heraus und schüttet die Farbe in den Eimer mit der ertränkten Zigarette. Dann zündet sie sich eine zweite an, wirft die Farbe wieder gegen die Leinwand und sucht eine Weile nach dem richtigen Pinsel. Sie taucht ihn in die Restfarbe im Eimer und betrachtet die herunterfließende Farbe auf der Leinwand. Vom Pinsel tropft Farbe auf ihre Füße. Barfuß in Sommerschlappen. Sie drückt ihre Zigarette in die

Erde einer Zimmerpflanze, ein Baum, der schon vor längerer Zeit abgestorben ist, aber Andrea bemerkt es erst jetzt. Es macht sie ein wenig traurig, weil sie das Leben mag. Sie schiebt den toten Baum zur Seite, hindurch durch andere große Pflanzen, von denen in ihrem Atelier mindestens zehn herumstehen. Ein Vogelschwarm fliegt am Fenster vorbei, schnelle Schatten flattern über die Leinwand.

Die Psychologin hatte ihnen in der ersten Stunde erzählt, dass sie nicht eng nebeneinander sitzen sollen. Für Mark kein Problem, bei Sarah sieht das je nach Laune anders aus. Manchmal rutscht sie auf ihrem Sessel ganz nach außen, um noch weiter von ihm weg zu sitzen, dann wieder sitzt sie ihm so zugewandt da, dass sie beinahe vom schwarzen Leder herunter zu rutschen droht. Mark hat ihr von der Promenade aus eine Nachricht geschrieben, dass er vor der Sitzung nicht heimkommen wird. Nicht geschrieben hat er, warum. Weil er heute den Himmel sehen muss, weil sich die Vögel beginnen zu sammeln, weil der Herbst angefangen hat und er die Farben sehen will. Weil er bei Sarah nicht atmen kann und nicht weiß, wie er ihr das sagen soll. Sie hat die Nachricht gelesen und sofort angerufen, aber er hat das Handy weggesteckt, hat es auf stumm gestellt, um den anderen Geräuschen zuhören zu können. Als er in der Praxis zwei Minuten zu spät ankommt, sitzt sie schon in ihrem Sessel. Ganz außen. Sie sagt nicht: „Du bist zu spät", aber er hört es trotzdem und denkt dabei an die 14,3 Zentimeter Himmel. Ihr Angriff kommt schon in den ersten Minuten, aber er versucht, gelassen zu bleiben, weil eine ganze Stunde Streit auf diesen Sesseln sitzend anstrengend ist. Mangelnde Unterstützung ist heute ihr Thema. Brav macht sie ihm keinen Vorwurf, weil das in der Therapie verboten ist.

„Ich habe das Gefühl, nicht richtig von dir unterstützt zu werden", sagt sie stattdessen.

Das hatte sie von Anfang an gut drauf. *„Ich habe das Gefühl"* anstatt *„du hast, du bist, du tust."* Das geht ihm auf die Nerven. Immer nur ich, ich, ich. Aber so will es die Psychologin.

„Ich habe nur gesagt, du setzt dich zu sehr unter Druck mit der ganzen Geschichte, das ist alles." Mark lässt seine Stimme tief klingen. Er will Ruhe, und fügt deshalb nicht hinzu, dass es doch sein Recht sei, seine Meinung zu sagen.

„Es läuft nicht richtig zwischen uns. Das ist das Problem." Sarahs Stimme klingt wie das Aufkommen eines Messers auf dem Schneidebrett, wenn ein Profikoch Gemüse schnippelt. Schnell, präzise und routiniert in ihrer Rolle der Unverstandenen.

„Und woran liegt das deiner Meinung nach?" fragt er ruhig.

„Ich finde, du nimmst dich zu sehr aus unserer Ehe raus", antwortet sie und blickt kurz zu ihm herüber.

„Was soll das heißen?"

„Das, was ich gesagt habe. Du nimmst dich raus."
„Was soll ich denn anders machen?"
„Mehr da sein." Wieder ein kurzer Blick zu ihm. Als ob sie aus einem Versteck heraus einen Stein auf ihn werfen würde und sofort wieder in Deckung ginge. Irgendwo wird sie ihn schon treffen.
„Wo mehr da sein? Soll ich zwischen dir und deiner Freundin sitzen, wenn du ihr mal wieder davon erzählst, dass dein Leben nicht so läuft, wie du es geplant hast?"
Er bereut den Satz schnell, denn Sarah springt sofort darauf zu und verbeißt sich in ihm.
„Meine Freundin hört mir wenigstens zu, im Gegensatz zu dir!"
„Ich höre dir zu. Immer!"
Sarah holt Luft, aber die Psychologin springt ein.
„Wie könnte Mark Ihnen vermitteln, mehr für Sie da zu sein?"
„Nun ja", antwortet sie, „ich hätte gerne mehr Sicherheit."
Natürlich wiederholt die Psychologin das letzte Wort fragend.
„Ja", antwortet Sarah, „mehr Sicherheit, mehr familiären Halt. Ich fühle mich irgendwie nicht zugehörig."
„Da ändert ein Kind aber auch nichts dran", wirft Mark ein.
„Darum geht es doch gar nicht. Es geht um uns beide."

„Natürlich geht es darum. Es dreht sich alles nur noch um das Schwangerwerden. Du hast doch gar kein anderes Thema mehr! Und jedes Mal, wenn es wieder nicht geklappt hat, naja, dann ... dann nimmst du das irgendwie persönlich oder findest ständig jemanden, der dran schuld ist. Du setzt dich unter Druck."
„Wie lange versuchen Sie schon, schwanger zu werden?", will die Psychologin wissen.
„Schauen Sie doch bei ihr im Kalender nach", antwortet Mark.
„Was meinst du?" Jetzt sieht Sarah ihn an. Endlich.
„Du tickst seit zwei Jahren so, seit dir diese Freundin von dir erzählt hat, dass sie schwanger ist." An die Psychologin gewandt fährt er fort. „Sie hat es Sarah an ihrem Geburtstag erzählt, weil Sarah irgendwas bemerkt und gefragt hat."
„Das ist doch Blödsinn", wirft Sarah ein.
„Nein, ist es nicht. Seitdem willst du schwanger werden. Seit dieser Geschichte gefällt dir unser Leben nicht mehr."
„Wünschen Sie sich auch ein Kind, Mark?", will die Psychologin wissen.
„Ja, schon, aber ich habe die Schnauze voll von diesem ...", Mark dreht seinen Zeigefinger in der Luft und sucht nach dem richtigen Wort, „Familiending."
Sarah schnappt nach Luft. „Das hat damit nichts zu tun."
„Was für ein Familiending?", fragt die Psychologin.

Kaum hat sich die Tür zwischen ihnen und der Praxis geschlossen, stürmt Sarah auf die Straße. Mark läuft ihr genervt nach, und kurz bevor er sie eingeholt hat, dreht sie sich zu ihm um. Ihr Blick ist böse.

„Familiending, ja?", faucht sie.

„Ja, Familiending!"

„Das hat damit gar nichts zu tun. Lass das mit meinem Vater da raus!"

„Okay, schön, dann nehmen wir eben deine Mutter!"

„Fick dich selbst!" Sarah stürmt davon.

„Mach ich, du tust es ja nur an den fruchtbaren Tagen!", ruft er ihr noch hinterher und bleibt allein auf der Straße zurück, holt sein Fahrrad, das noch vor der Praxis steht und hebt den Kopf, weil ein Flugzeug niedrig über die Stadt fliegt. Wegfliegen. Einfach so. Ein Windstoß kommt, Mark sieht die Straße entlang. Die Kastanien beginnen zu fallen. Das ist schön, aber es macht Mark immer ein bisschen wehmütig.

Andrea schiebt ihren Einkaufswagen durch den Supermarkt. Scheinbar wahllos legt sie Waren in den Korb, Dinge, die nicht zusammenpassen. So hat sie auch früher für ihre Tochter gekocht, als die noch klein war. Eines Tages hatte Sarah ihr gesagt, dass sie lieber woanders wohnen würde, irgendwo, wo es ordentlicher wäre. Andrea hatte ihre Tochter angesehen und den Moment gesucht, an dem aus dem kleinen Mädchen, das im Chaos spielte, das barfuß durch die Farbreste am Boden lief, um farbige Fußabdrücke auf Papier zu verteilen, Sarah, der Teenager geworden war, der plötzlich vor ihr saß und nach Ordnung suchte. Wohin war das lachende Kind verschwunden, das keine Regeln brauchte, das frei war, das so herrlich anders war? Andrea kommt am Alkoholregal vorbei und packt alle möglichen Flaschen ein, sehr zielgerichtet und durchaus zusammenpassend dieses Mal. Auf dem Weg zur Kasse entdeckt sie Pflanzen im Sonderangebot und nimmt eine Yucca-Palme mit. Schließlich ist da jetzt eine Pflanze weniger im Atelier und das gefällt ihr nicht. Zuhause angekommen, trägt sie die Palme zwischen ihren großen Bildern, den Tischen mit Farbtöpfen und den kaputten Möbeln hindurch. Der abgestorbene Baum fliegt in den Garten. Was tot ist, ist tot. Es kommt nicht wieder. Es sollten mehr Dinge nicht wiederkommen, auch lebende. Andrea zündet sich eine Zigarette an, begutachtet die neue Pflanze und denkt über noch lebende Dinge nach.

Obwohl die Terrasse voller Stühle ist, setzt sich Andrea auf eine der drei Stufen, die in den Garten führen. Kaum ein Stuhl oder ein Tisch, der gerade steht oder dessen Lack nicht abgeblättert ist. Die Terrasse sieht aus, als würde Andrea Stühle sammeln, herrenlose Stühle, die ausgesetzt wurden, weil sie ihre Schönheit verloren haben oder auch ihre Funktion, weil ein Bein abgebrochen ist oder eine Armlehne fehlt. Mitten zwischen den Stühlen steht eine Christusstatue mit einer Hulakette um den Hals. Manchmal trägt sie auch Andreas Sonnenhut. Es ist früher Abend, als sie ihr Telefon zur Hand nimmt und eine Nummer wählt. Sie weiß, dass bei Sarah auf dem Display *Unbekannte Nummer* steht und Sarah deshalb immer ihren Namen nennt, wenn sie ans Telefon kommt.

„Ich bin es, deine Mutter", sagt Andrea. Sie meldet sich immer so, wenn sie bei Sarah anruft. Als müsste sie da etwas klarstellen.

„Warum rufst du an?"

„Darf ich denn nicht einfach so meine Tochter anrufen?"

„Was willst du?"

„Wart ihr beim Therapeuten?" Andrea zieht den Rauch ein und hält dann die Luft an, damit sie die Reaktion besser hören kann. Erst, als sie das Geräusch einer Sprühflasche hört, bläst sie den Rauch wieder aus. Es kommt keine Antwort von Sarah.

„Also ja, ihr wart beim Therapeuten. Und, war es so erfolgreich wie immer?"

„Ich muss auflegen."

„Glaub mir", sagt Andrea, „deine Küche ist sauber genug. Dein Bad übrigens auch und auch alles andere."

Sie steht auf, geht zurück in ihr Atelier und drückt ihre Zigarette in einer Tasse auf einem Tisch aus, der mit Tassen, Gläsern und Flaschen vollgestellt ist. Die Tasse fällt herunter und zerbricht auf dem Boden des Ateliers.

Sarah hört das Zerbrechen durch das Telefon. Sie steht in ihrer Küche und sieht regungslos dem Putzmittel zu, das sich auf der Theke langsam auflöst. Sie würde gerne etwas sagen, vielleicht, dass sie keine Zeit hat, dass sie sich um etwas kümmern muss, dass gleich Besuch kommt oder sogar spontan ein Besucher vorbeigekommen ist, um den sie sich nun kümmern muss. Hätten sie und Mark einen Hund, so müsste dieser nun vielleicht hinaus.
„Wie geht es Mark? Gefällt ihm die Therapie?"
Sarah will diese Frage nicht hören. Sie stellt sich vor, wie ein Hund durch die Küche läuft, und da ist jetzt auch ein Kind, das sie gerade gefüttert hat und das seine kleinen Hände nach dem Hund ausstreckt und lacht. Der Hund geht zu dem Kleinen hin und Sarah denkt, bestimmt würde er dem Kleinen gleich das Gesicht ablecken, weil da noch Essensreste um den Mund sind, und sie hört sich in Gedanken zu ihrer Mutter sagen, dass sie dem Kind den Mund abwischen muss, bevor es der Hund tut. In ihrer Gedankenwelt findet sie diese Vorstellung von der Hundezunge im Gesicht des Kindes lustig. Ihre Gedankenwelt ist manchmal weit entfernt von der echten.
„Alles Idioten. Habe ich recht?", spricht Andrea weiter und Sarah kann Farbeimer klappern hören. „Ist

der Therapeut ein Idiot?"
Die Küche ist leer.
„Sie", sagt Sarah, „es ist eine Frau."
„Auch das noch. Also eine Idiotin. Das nennt man Gleichberechtigung im Guten wie im Schlechten."
Die Küche ist so leer wie in einem Prospekt. Sarah weiß, dass, wenn Menschen darauf abgebildet sind, sie im Computer dazugestellt werden. Diese schönen Welten sind nicht echt.
„Was willst du, Mama?"
„Nichts, ich rufe einfach nur an. Ich bin deine Mutter, weißt du. Mütter tun so etwas. Mütter sind ganz furchtbar fürsorgliche Wesen."
„Ach, wirklich?"
„Ja, hab ich gelesen."
„In welcher Zeitung denn?"
„*Psychologie Heute*? Vielleicht war es auch irgendein anderer Esoquatsch. Ich war beim Augenarzt, weißt du?"
„Nein, woher?"
„Gibt es bei der Idiotin auch so nette Zeitschriften im Wartezimmer? Habt ihr wieder über dieses Schwangerschafts- und Familiending geredet? Glaub mir, so wird das nie was. Du setzt dich zu sehr unter Druck mit der Geschichte."
Sarah sieht die spiegelnden Oberflächen. Die Blumen in der Vase verlieren Blätter.
„Oh, wow, hast du darüber gelesen? Vielleicht in einer Esoquatschzeitung?", fragt sie.

„Nein, das meine ich ernst", antwortet Andrea.
„Mama, ich habe keine Lust, mir das auch von dir anzuhören. Es reicht mir von einer Seite."
„Mein Schwiegersohn und ich sind also der gleichen Meinung. Das muss etwas bedeuten."
„Weißt du was? Vielleicht solltest du auch mal zu einem Therapeuten gehen. Es würde dir vielleicht gut tun."
„Über was soll ich denn mit einem Idioten reden?"
„Nun, die ein oder andere Sache könnte es da schon geben."
„Fang nicht immer wieder mit derselben Geschichte an, Sarah. Das ist Vergangenheit."
„Für dich vielleicht, aber nicht für mich. Ich will wissen, wer mein Vater ist!"
Sarah hört, wie die Haustür geöffnet wird.
„Okay, also bis dann", sagt sie mit einer hellen Stimme und dreht sich beim Auflegen um.

Sarahs hochgezogene Schultern erklären die Situation auf den ersten Blick. Mark weiß sofort, dass Sarah mit ihrer Mutter telefoniert hat. Während Mark seine Schlüssel in eine Ablage legt, öffnet sie den Kühlschrank, starrt hinein, knallt die Kühlschranktür wieder zu und verlässt die Küche, in der Mark zurückbleibt. Er ist sehr müde. Er hätte seine Frau gern in den Arm genommen, denn er weiß, wie sie sich fühlt. Aber er ist einfach zu müde, um ihr hinterherzulaufen. Er fühlt sich schon lange so. Im Stehen isst

er ein Brot und kann die Stille hören, die Sarah im Haus verbreitet. Und weil diese Stille das Leben zu ersticken droht, setzt er sich auf sein Fahrrad und fährt wieder am Fluss entlang. Auf das Wasser blickend überlegt er, ob sein Leben voller wäre ohne Sarah, aber er glaubt, dass wäre es nicht. Sicher ist er sich allerdings nicht.
Am nächsten Morgen verabschiedet er sich von ihr wie immer. Das hat Routine. Routine verdrängt Gedanken. Auch bei ihr funktioniert das manchmal.

Sarah hat gerade die Post hereingeholt und trinkt ihre zweite Tasse Kaffee. Ein großer Umschlag ist dabei, aus dem sie einen Katalog zieht. Ein Ausstellungskatalog ihrer Mutter. Sarah blättert durch die Seiten und sieht sich die großformatigen Bilder an. Verschwenderisch in Größe, Farbe und in der Bewegung des Pinsels. Wie ein entrückter Tanz, ein Rausch. Im Rausch. Sarah blättert weiter. Das Leben ihrer Mutter auf ein paar Seiten komprimiert. Ein altes Bild von ihr aus jungen Jahren. Andrea steht neben einem ihrer Bilder, neben ihr ein Mann im Anzug. Sarah liest in der Bildunterschrift, dass es Andreas Professor ist. Sarah versucht sich zu erinnern, weil sie den Mann vielleicht kennen könnte. Schließlich war Andrea früh schwanger geworden und hatte Sarah oft überall hin mitgenommen. Es dauert ein wenig, doch dann kommt die Erinnerung. Sie und ihre Mutter hatten in der Küche gesessen,

Andrea hatte etwas aus dem gekocht, was gerade da gewesen war. Viel war es damals nicht gewesen. Sarah hatte ein Kochbuch hervorgeholt und darin geblättert. Daran kann sie sich jetzt erinnern. Das Foto auf dem Zeitungsausschnitt, das sie damals in dem Kochbuch gefunden hatte, findet seinen Weg durch die Vergangenheit hinein in den Katalog, und Sarah hört sich fragen: „Mama, wer ist das?“ Und sie hört Andreas Antwort, die mit kalter Stimme sagt: „Niemand.“

An diese Erinnerung denkend holt Sarah Gemüse aus dem Kühlschrank, weil sie es einlegen will, und legt es auf ein Brett. Dann zieht sie ein Messer aus dem Messerblock und beginnt das Gemüse zu schneiden. Ein Sonnenstrahl spiegelt sich im Messer, Sarah hebt es an und betrachtet sich darin, betrachtet ihre Augen und die Augenbrauen, die so besonders geschwungen sind, ihre Wangenknochen und wieder ihre Augen. Der Katalog liegt noch neben ihr. Langsam legt sie das Messer weg und starrt das Bild an. Eine halbe Stunde später hat sie die Kisten aus dem Keller durchsucht und das Kochbuch gefunden. Der Zeitungsausschnitt mit dem Bild liegt noch immer darin. Dann holt sie alte Fotos von sich heraus und vergleicht sich mit dem Mann auf dem Foto. Sie weiß, dass es stimmt. Sie ruft ihre Mutter an, legt aber nach dem ersten Klingeln wieder auf. Was soll sie sagen? Sie spielt im Kopf das Gespräch in verschiedenen Varianten durch, um an ihr Ziel zu kommen. Eine direkte Frage würde nicht funktionieren, ihre Mutter würde die Frage einfach verneinen.

Andrea meldet sich mit ihrem typischen, knappen „Hallo“. Sarah hat ein Blatt Papier vor sich liegen, auf dem sie das Gespräch skizziert hat. Sie sagt Andrea, sie habe den Katalog ihrer neuesten Ausstellung bekommen. Sie beglückwünscht sie dazu. Das tut sie sonst nie und sie weiß, ihrer Mutter wird das auffallen. Sie sagt, wie schön der Katalog geworden sei und merkt, dass ihre Worte bei Andrea so ankommen, wie sie es will, denn etwas in Andrea beginnt zu arbeiten und Fragen zu stellen. Sie kann es an der Stille hören, die Andrea umgibt. Sarah sagt, wie interessant es doch sei, die alten Bilder von ihr zu sehen.
„Was für alte Bilder?“, fragt Andrea.
„Na, von dir, von früher. Zum Beispiel das mit deinem Professor.“
Sarah weiß, dass Andrea eine Zigarette raucht, aber sie kann es jetzt nicht hören, sondern hört Andrea beim Luftanhalten zu.
„Keine Ahnung, habe mir den Katalog nicht angeschaut. Ich muss weiterarbeiten.“
„Er sieht nett aus“, sagt Sarah schnell, weil sie nicht will, dass Andrea auflegt. „Wer ist dieser Roland?“
Sarah hört genau hin, will jedes Geräusch hören, das ihre Mutter macht. Sie hört nichts, und das ist untypisch, weil ihre Mutter sonst immer irgendetwas

nebenher macht, wenn sie miteinander telefonieren.
„Mein Kunstprofessor an der Akademie, das weißt du doch", antwortet Andrea.
„Warum lädst du ihn nicht zu deiner Ausstellungseröffnung ein? Ich würde ihn gerne kennenlernen."
Andrea schnaubt. „Warum?"
„Ach, weißt du", antwortet Sarah und ist beinahe selbst erstaunt über die Kühle in ihrer Stimme, „er sieht mir so wahnsinnig ähnlich."
„Hör auf mit dem Blödsinn, überall deinen Vater zu suchen! In jedem älteren Mann, den du in meiner Vergangenheit findest, vermutest du deinen Vater. Du brauchst keinen Vater!", schreit Andrea und Sarah hört Farbeimer, die durcheinander zu fallen scheinen, bevor Andrea auflegt.
Sarah setzt sich auf einen der Hochstühle an der Küchentheke. Es fühlt sich an, als wäre sie in den letzten Wochen gegen eine Tür gerannt. Mark hatte Recht gehabt, denn seit der Schwangerschaft ihrer besten Freundin hatte sich in Sarah diese Idee festgesetzt, ihren Vater suchen zu wollen und selbst schwanger zu werden. Im Lauf dieser zwei Jahre war die Suche immer wieder mal ein Thema gewesen, aber in den letzten Wochen war sie zu einer Manie geworden. Und plötzlich hatte das Bild im Katalog die Tür geöffnet und Sarah war durch sie hindurch gefallen. Sie steht unter der Dusche, als Mark nach Hause kommt und die Fotos und das Bild im Katalog entdeckt und betrachtet. Als Sarah

mit einem Handtuch auf dem Kopf die Küche betritt, erkennt sie an seinem Gesicht, dass sie richtig lag. Sie hat gefunden, wonach sie gesucht hat.

Oktober

Auf seinem Tisch liegt die Zeit in schweren Stapeln aus Papier. Alte Kataloge, Bücher, beschriebene Blätter, Zeitungsausschnitte, auf denen Briefbeschwerer liegen, ein Füllfederhalter, Tintengläser, ein Laptop. Je tiefer man in den Bergen graben würde, umso mehr Leben würde man finden, das damals noch jung war. Neben dem Schreibtisch hängt ein Bild.
Roland steht an diesem Schreibtisch, alt und sehr schlank und immer noch sehr aufrecht. Er trägt Anzug und Krawatte mit einem dicken Knoten. Er betrachtet die Unmenge an Büchern, die sich in den vielen Regalen stapeln, und er überlegt, wie alt wohl die Sessel aus Leder sein mögen, weil sie noch gut erhalten sind. Roland hat auf Qualität immer Wert gelegt. Manchmal kommt er sich wie ein altes Klischee vor, obwohl er stets versucht hat, mit der Zeit zu gehen, Schritt zu halten, der Moderne zugewandt zu sein. Er setzt sich in einen der Sessel und betrachtet die Dinge seines Lebens, die im Lauf der Jahre in diesem Zimmer einen Platz gefunden haben.
Seine Frau Christin klopft an die Tür, kommt herein und setzt sich zu ihm.
„Weißt du, ich könnte jetzt wieder mit dem Rauchen

anfangen, es wäre völlig in Ordnung, es würde nichts mehr ändern. Sterben werde ich daran nicht mehr", sagt er und versucht, es leichthin und belustigt klingen zu lassen.
Christin sieht ihn an, wie sie es seit über fünfzig Jahren tut, nur, dass ihre Liebe nun mit Sorgen gepaart ist und mit einem Schmerz, der noch viel größer werden wird. Roland sucht ihre Hand.
„Alles ist gut", sagt er und entdeckt den Brief in ihrer Hand. „Was hast du da?"
Christin legt den Brief, der am Morgen ankam, auf den Tisch.
„Ein Brief für dich. Ich hatte vergessen, ihn dir zu geben. Komm schlafen. Es ist spät", sagt sie und steht auf.
„Jawohl Madame, stets zu Ihren Diensten", antwortet er ihr, wie er es seit Jahren gerne tut. Dann dreht er den Brief um, liest und kennt den Absender nicht. Eine Frauenschrift. Christin geht schon aus dem Zimmer, und Roland benutzt den Brieföffner mit der Ente als Griff. Der Umschlag zerreißt, und Roland entfaltet ein Leben.

Als Christin am nächsten Morgen erwacht, liegt sie alleine im Bett. Beim Aufstehen berühren ihre Füße den dicken Teppichboden. Sie zieht den knielangen Rock von gestern und einen langärmeligen Rollkragenpullover an. Sie geht nie ohne Strumpfhosen, nicht in ihrem Alter, auch nicht im Sommer. Vor ihrer Frisierkommode öffnet sie den Zopf, den sie sich jeden Abend flechtet, kämmt ihre langen, grauen Haare und steckt sie hoch. Sie überprüft ihre Frisur mit ihrer typischen Handbewegung, überprüft ihre Erscheinung noch einmal im großen Spiegel neben der Tür und geht hinunter. Sie findet Roland in der Küche mit dem Brief sitzend, den sie ihm gestern Abend gegeben hatte. Er hat nicht geschlafen, und weil sie ihren Mann kennt, hält sie sich zurück. Sie will vorsichtig sein, ihn ruhig aus der Welt, in der er die Nacht anscheinend verbracht hat, zurückholen. Sie füllt zwei Tassen mit Kaffee und setzt sich ihm gegenüber. Als sie seine Hand berührt, sieht er auf.

„Christin?"

Sie stellt eine Tasse vor ihm ab.

„Dieser Brief hier, er ist von Sarah."

Christin sieht ihn weiter an.

„Sarah. Meine Tochter."

Christin stellt langsam ihre Tasse ab. Dann steht sie auf, streicht sich den Rock glatt und geht hinaus. Sie geht einen Gang entlang, wo ihr eine Hausangestellte entgegenkommt und ihr einen guten Morgen wünscht. Christin betritt ein kleines Gewächshaus, bindet sich sorgsam eine Schürze um und beginnt, sich um ihre Chrysanthemen zu kümmern. Ihre Bewegungen sollten nach all den Jahren geübt sein, doch heute sind sie es nicht. Es dauert eine Weile, aber dann kommt Roland mit den Kaffeetassen in

das Gewächshaus.
„Wir müssen darüber reden, Christin."
Christin hat einen Korb mit Blumen gefüllt, die sie sorgsam abgeschnitten hat.
„Warum jetzt?", will sie wissen.
„Nun, wir können auch heute Abend ..."
„Das meine ich nicht. Warum jetzt? Warum meldet sie sich jetzt? Jetzt, wo du nur noch ... Das ist Andrea, sie steckt dahinter!"
„Nein, Christin, das ist nicht sie. Das glaube ich nicht. Sie hätte keinen Grund dazu."
„Ach nein? Wie alt ist sie inzwischen? Um die sechzig? Verflucht! Wer weiß, vielleicht hat sie mitbekommen, wie es dir ... dass du ..."
„Das ich bald sterben werde", spricht Roland den Satz zu Ende. „Es tut mir Leid, Christin."

Andrea hält alle Ärzte für gleich, egal ob dieser oder ein anderer, und sie mag sie nicht. Sie sitzt im Wartezimmer mit weißen Stühlen mit Chrombeinen, weißen Beistelltischen mit Chrombeinen, weißen Hängelampen und einer Garderobe. Auch aus Chrom. Die Zeitungen auf den Beistelltischen liegen aufgefächert da, und Andrea beobachtet, ob die anderen Patienten im Wartezimmer die Zeitungen wieder in den Fächer einordnen, oder sie einfach hinlegen. Tatsächlich blättern nur zwei Frauen Zeitschriften durch, beide legen sie ordentlich in den Fächer zurück. Alle anderen schauen auf ihr Handy.

Andrea sitzt neben einem der Beistelltische und verschiebt die Ordnung darauf zu einer Asymmetrie. Als sie hört, wie der Arzt aus dem Zimmer kommt und auf dem Gang noch ein paar Worte mit dem Patienten spricht, hört sie damit auf. Der Arzt verabschiedet den Patienten mit den Worten „Tun Sie, was immer Ihnen gut tut“ und dann hört sie, wie er den Gang entlang kommt. Allein dieser Satz bringt Andrea dazu, aus diesem Wartebereich verschwinden zu wollen, und kurz denkt sie darüber nach, es auch einfach zu tun, geht dann aber in das Zimmer, nachdem der Arzt ihren Namen aufgerufen hat. Der Arzt begrüßt sie mit einem freundlichen „guten Morgen“, das Andrea nur mit einem knappen, murrenden „Ja“ abtut. Der junge Arzt sieht sie an und will wissen, ob sie wegen der Krebsvorsorge hier ist.
„Ja. Damit ich endlich meine Ruhe vor diesem Quacksalber habe“, antwortet sie.
„Quacksalber? Sie meinen Ihren Hausarzt?“
„Den und alle anderen.“
Dr. Weber scheint sich zu amüsieren.
„Sie mögen Ärzte wohl nicht besonders gern?“
„Ist das so offensichtlich, ja?“
„Ich bin ein wirklich netter Arzt.“
Andrea lacht. „Zu jung für mich. Aber Ihre Augen gefallen mir trotzdem.“
„Oh, vielen Dank. Dann machen Sie sich bitte mal frei.“
„Das Highlight meines Tages“, antwortet Andrea

und steht auf, um hinter dem Vorhang zu verschwinden. Dabei fällt dem Arzt auf, dass sie Farbe an den Händen hat.
„Sind sie Malerin?"
„In Wirklichkeit bin ich Kellnerin", antwortet Andrea und weiß nicht, warum sie das gesagt hat.
„Ich habe noch nie eine Künstlerin kennengelernt."
Der Arzt scheint ernsthaft interessiert zu sein und Andrea ist froh, dass er nicht die Frage stellt: Und was malen Sie so?
Während der Untersuchung ist er konzentriert, schaut genau auf ihren Körper, was sie nicht ausstehen kann. Sie ist froh, als sie wieder hinter dem Vorhang verschwinden kann, um sich anzuziehen.
„War es das dann?", fragt sie.
„Ja. Sie werden benachrichtigt, wenn die Ergebnisse das erfordern."
„Ich will nichts von Ihnen hören." Andrea nimmt ihre Tasche und greift nach der Türklinke.
„Ach, sagen Sie, was malen Sie eigentlich?"
Da ist diese unausstehliche Frage. Andrea dreht sich zu ihm um.
„Wenn ich nur noch ein Jahr zu leben hätte, ich würde euch eine Tür malen."
„Eine Tür?", fragt der Arzt.
„Ja, eine Tür. Dann könnt ihr alle aus eurem Leben hinausgehen und in ein anderes hinein. In das, was ihr führen wollt."
„Sie sind also eine Zauberin?"

„Nein", antwortet Andrea, „ich weiß nur, wie es ist, wenn man die falsche Tür genommen hat."
In den nächsten Tagen sitzt Andrea in ihrem Atelier und denkt darüber nach, was sie dem Arzt gesagt hat. Sie denkt über Türen nach. Wie viele Türen hat sie genommen, die richtig waren? Und wie oft ist sie durch die Falsche gegangen? Sie ist sich sicher, ihr Leben gut gelebt zu haben, nur *eine* Tür, die gibt ihr nun zu denken. Und noch eines macht ihr zu schaffen. Sie merkt, dass etwas nicht mit ihr stimmt, aber sie hat dem Arzt nicht die Wahrheit gesagt. So verbringt sie die nächsten Tage malend und rauchend in ihrem Atelier und greift irgendwann zum Telefon. Die Musik einer Warteschleife ertönt, beginnt immer wieder von vorn und tötet immer wieder aufs Neue Andreas Zeit. Sie wartet, legt auf, zündet sich eine Zigarette an und schaut sich in ihrem Atelier um. Wählt wieder. Mit dem Telefon am Ohr und immer noch die Musik der Warteschleife hörend, gießt sie ihre Pflanzen. Sie schüttet viel zu große Mengen Wasser über sie und der Boden wird nass. Andrea stört es nicht, es ist ihre übliche Art, die Pflanzen zu gießen. Sie legt auf, setzt sich auf die Treppe, zündet sich wieder eine Zigarette an. Wo ist die Zigarette, die sie sich gerade erst angezündet hat? Andrea geht sie suchen, findet sie in einer Tasse vor sich hin qualmend und drückt sie aus. Sie wählt erneut, hört sich die Warteschleifenmusik an. Immer und immer wieder, bis die Nerven tot sind. Sie legt auf.

Sarah sitzt wieder ganz außen auf dem Sessel, aber auf Marks Seite. Als sie heute Morgen in ihrer Küche stand, saß da ihr Vater. Sie hatte ihm einen Kaffee gemacht, hatte ihm gesagt, wie schön es doch nun sei, wie sehr sie es freuen würde, dass sie sich gefunden hätten. Mark verscheuchte das Bild ihres Vaters, als er hereinkam, seinen Kaffee trank und zur Arbeit ging. Dort angekommen, hielt er das Lineal in die Luft. Die Häuser hatten sich nicht bewegt. 14,3 Zentimeter zwischen den oberen Stockwerken, 14,1 auf der Höhe der Grünlilie. Daran muss er nun denken, denn etwas anderes hatte sich verändert. Sarah hat sich verändert, sie ist fröhlicher, aufgeregt, ihr Blick ist offener geworden. Das ist Veränderung, das ist Leben, und Mark denkt plötzlich, wie kindisch die Vermessung des Himmels gewesen ist. Als ob er nach jeder noch so kleinen Veränderung als Beweis suchte, dass sein Leben nicht völlig zum Stillstand gekommen war.

„Ich habe meinem Vater geschrieben", erzählt Sarah nun der Psychologin. „Ich habe ihm auch ein Foto von mir geschickt." Mark kehrt aus seinen Gedanken zum Gespräch zurück, das ihn unsicher macht. Er hat Angst vor der Enttäuschung, sollte sich Sarahs vermeintlicher Vater nicht zurückmelden oder die Vaterschaft abstreiten, oder sogar beweisen können, dass er es nicht ist.

„Du weißt doch gar nicht, ob er wirklich dein Vater

ist“, wendet er ein.
„Ich bin mir aber sehr sicher. Und du hast es doch auch gesehen. Du hast doch auch die Bilder verglichen.“
„Wie haben Sie diesen Mann gefunden?“, will sie Psychologin wissen.
Mark gefällt es, dass sie kritisch ist.
„Ich habe den Katalog für eine neue Ausstellung meiner Mutter bekommen. Darin sind ein paar Seiten über ihr Leben und alte Fotos von ihr. Auf einem sieht man einen Mann, der ihr sehr nahe zu stehen scheint, und ich konnte mich erinnern, dass ich ihn schon einmal gesehen hatte, dass ich sogar genau dieses Bild schon einmal gesehen hatte. Ich kenne es von früher. Es war damals in einem Kochbuch. Es ist eindeutig, dass sie zusammen waren.“
Die Psychologin lehnt sich leicht vor und Mark bemerkt, dass er es ihr gleichtut.
„Sie sollten sich nicht darauf versteifen, dass er überhaupt ihr Vater ist, Sarah. Es könnte auch sein, dass er sich gar nicht zurückmeldet.“
Mark ist dankbar für diesen Einwand.
„Hast du eigentlich mal darüber nachgedacht, was du da getan hast? Du könntest das Leben dieses Mannes zerstören“, sagt er und weiß nicht, ob er zu hart zu Sarah ist. Er kommt sich feige vor, weil er auf der Seite der Psychologin ist.
„Warum? Wenn er nicht mein Vater ist, hat er nichts zu verstecken. Dann war es einfach nur ein Irrtum.

Aber ich bin mir sicher."
„Was ist, wenn er tatsächlich dein Vater ist? Was erwartest du von ihm?"
„Wenn ich seine Tochter bin, muss er sich mir stellen."
„Sarah, dieser Mann, wenn er überhaupt dein Vater ist, ist kein guter Mann. Er hat deine Mutter sitzen gelassen, er hat dich verleugnet, er hat deine Mutter auch nicht finanziell unterstützt. Dieser Mann wollte dich nicht. Und was ist, wenn er nicht dein Vater ist? Suchst du dann den nächsten?"
Sarah zieht sich auf die andere Seite ihres Sessels zurück und die Psychologin fragt Mark, ob er seine Frau unterstützen will.
„Ich weiß nicht", antwortet er. „Aus den Erzählungen ihrer Mutter geht hervor, dass ihr Vater ein ziemlicher Arsch war. Ich weiß nicht, warum sie sich dem aussetzen will."
„Ich will wissen, woher ich komme. Ist das so schwer zu verstehen?" Sarah schaut auf ihre Hände, sie reibt mit dem Daumen immer wieder über ihre Fingerknöchel.
„Sprechen sie beide zu Hause auch über dieses Thema?", will die Psychologin wissen, und Sarah und Mark antworten mit einem Schweigen.

Irgendwo hier in seinem Arbeitszimmer sind auch Teile von Andreas Leben vergraben. Alte Ausstellungskataloge, Zeitungsausschnitte, die Roland früher gesammelt hat und ordentlich in Ordnern aufbewahrt. Der Brief, den Roland nun in seinen Händen hält, wird nicht in einem dieser Berge verschwinden, die überall in seinem Zimmer entstanden sind. Er kann Andreas Stimme noch heute hören, denn sie war rau und ein wenig hart, schon als Andrea noch jung war und anfing, bei ihm zu studieren. Andreas Talent war der Überfluss gewesen. Sie war verschwenderisch in ihrer Kunst und in ihrem Leben. Und sie war kompromisslos. Von Anfang an. Er erinnert sich an den Tag, an dem er sie das erste Mal gesehen hat. In einem Raum zusammen mit anderen Studierenden. Er erklärte anhand eines Bildes ein Thema und die Studenten hörten ihm zu. Nur Andrea nicht. Sie stand hinter ihrer Leinwand und malte einfach weiter. Er hatte sie gefragt, ob sie sich nicht für den Unterricht interessiere, und als sie aufgesehen hatte, wusste er, dass es nicht Ignoranz oder Arroganz, sondern schlicht und einfach eine Versunkenheit war, die ohne Kompromiss auskam.

Jetzt liest er die Zeilen, die ihm Andreas Tochter, seine Tochter, vor einigen Tagen geschrieben hat, und er versucht sich vorzustellen, wie ihre Stimme klingen könnte. Eine Stimme, die sagt: *Ich weiß nicht, wie Sie auf diesen Brief reagieren werden. Vielleicht sind Sie wütend, vielleicht aber freuen Sie sich auch. Diese Reaktion von Ihnen wäre mir natürlich die liebste. Ich möchte einfach nur gerne wissen, woher ich komme. Ich habe nie eine Heimat gehabt, da meine Mutter Andrea ständig unterwegs war. Wir zogen von Stadt zu Stadt, von Künstlerdorf zu Künstlerdorf, in WG´s, Wohnwagensiedlungen, auf einen Bauernhof. Ich weiß, ich habe kein Recht auf eine Antwort von Ihnen, und vielleicht habe ich mich auch getäuscht, aber sollten Sie tatsächlich mein Vater sein und mir gegenüber nichts Böses denken, so würde ich mich über eine Nachricht freuen.*

Roland macht seinen Laptop an und wartet, bis er hochgefahren ist. Er muss nicht nachdenken, was er antworten will und beginnt zu schreiben.

Sarah, ich weiß, dass es Dich gibt, ich wusste es immer. Aber die Wege haben ihren Lauf genommen und ich habe mein Leben ohne Dich gelebt. Aber dafür kannst Du nichts. Ich bin mir sicher, Du bist eine wundervolle, mutige Frau, und es hat nicht im Geringsten etwas mit Dir zu tun, dass ich mein Leben ohne Dich gelebt habe. Aber diese Geschichte ist kompliziert und ich möchte Dir eine Frage stellen: Weiß Deine Mutter, dass Du mich gefunden hast? Ich willige gerne in Deinen Vorschlag eines Treffens ein. Sag wann und wo, ich werde da sein.

Er unterschreibt den Brief, steckt ihn in einen Umschlag und verschließt ihn. Dann geht er zum Fenster, wo er still dasteht, auf die Welt da draußen blickt und doch mit den Gedanken ganz woanders ist. Als Christin leise an der Tür zu Rolands Arbeitszimmer vorbeiläuft, kann sie ihn durch den Türspalt sehen. Seine Haltung, aufrecht wie immer, sein Blick, der aus dem Fenster hinausgeht. Dann dreht er den Kopf und betrachtet das große Bild, das seit so vielen Jahren an der Wand hängt und gegen das sie nie etwas ausrichten konnte. In den vielen vergangenen Jahren hat sie gelernt, das Bild zu akzeptieren. Doch nun merkt sie, dass da nie eine Akzeptanz gewesen ist, sondern immer nur ein stilles Dulden.

Es klingelt und Ellen kommt mit der kleinen Anna vorbei. Stolz zeigt die Enkelin ein paar Bilder, die Ellen von ihr in ihrem Ballettkostüm gemacht hat. Ein Vogel ganz in grünen Federn, die langen, dünnen Kinderbeine durchgestreckt. Sie kann es kaum erwarten, endlich ganz auf der Fußspitze tanzen zu dürfen, aber bis dahin müssen noch mindestens fünf Jahre vergehen. In zwei Wochen ist die Aufführung und Anna ist aufgeregt. Roland kommt und setzt sich zu ihnen, aber Ellen muss bald weiter.

„Ich komme am Wochenende zu euch, Papa", sagt sie zu Roland, der es schade findet, dass sie schon so schnell wieder geht. Es hat angefangen zu regnen und als Christin noch schnell den liegengelassenen Pullover für die Kleine holt, gibt Roland Ellen den Brief in die Hand.

„Kannst du den für mich wegbringen?", fragt er und bemerkt nicht, dass Christin schon zurück ist und sie beobachtet. Sie betritt das Zimmer.

„Ich glaube, dein Telefon hat geklingelt, Roland", sagt sie. Roland verabschiedet sich von Ellen und Anna und geht die Treppe hinauf. Christin sieht auf

den Brief in Ellens Hand.
„Den kann ich nachher mitnehmen“, sagt sie zu ihr, „ich muss eh noch zur Post.“
Ellen zuckt mit der Schulter und verabschiedet sich.

In den nächsten Wochen verfärbt sich die Stadt und das Land. Sarah und Mark sehen sich Holzöfen an, weil Sarah es plötzlich gemütlicher im Haus haben will. Sie hat eine große, weiche Decke gekauft, die nun auf der Couch liegt und sie machen den Garten winterfest. Immer wieder denkt Sarah über den Brief nach. Hat sie den richtigen Ton getroffen? Sie hatte den Brief nicht sofort geschrieben, weil sie zu aufgeregt war, und dann hatte sie sich nicht getraut, ihn Mark vorzulesen.
„Warum?“, hatte er gefragt.
„Es ist mir zu persönlich“, hatte sie geantwortet.
„Eine Mischung wäre gut. Ohne Vorwürfe, das ist wichtig“, schlug Mark vor.
Also hatte sie den Brief neu geschrieben. Am Samstagabend wollte sie einen Spaziergang machen, den Kopf frei bekommen. Auf der großen Wiese im Stadtpark sammelten sich seit einigen Tagen die Vögel, und die Menschen trugen warme Pullover und Jacken. Der Herbst ist Sarahs Lieblingszeit im Jahr, er macht sie ruhiger, und das half ihr nun. Sie wollte ruhiger werden, wollte den Ton in ihrem Leben verändern. Als sie zurück nach Hause gekommen waren, waren ihre Finger kalt gewesen, und

Sarah war nach oben gegangen, während Mark einen Eintopf gekocht hatte. Als sie zum Essen heruntergekommen war, war der Brief fertig geschrieben. Seit dem Abschicken des Briefes versucht Sarah, sich zurückzuhalten, aber immer wieder vergleicht sie ihre Augen mit denen von Roland. Die Psychologin hat ihr gesagt, sie solle sich keine allzu große Hoffnung machen, aber sie tut es dennoch, und so ist ihr täglicher Gang zum Briefkasten mit Emotionen überladen. Ihrer Mutter Andrea versucht sie aus dem Weg zu gehen, denn in Andreas Gesicht meint sie eine Genugtuung zu erkennen, weil Sarah nicht mehr von ihrer Suche nach dem Vater spricht.

Roland sitzt an seinem Schreibtisch und sieht hinaus. Die Blätter fallen und er denkt, dass es für ihn nicht mehr viele Jahreszeiten geben wird. Seit ein paar Tagen verspürt er einen Druck auf der Lunge und er hustet. Am Nachmittag geht er spazieren, weil er die Farben des Herbstes mag und sie sich noch einmal ansehen will, bevor es nicht mehr geht. Er kommt an einem Hof vorbei, einem Hinterhof zu einem Restaurant, in dem ein kleines Mädchen mit dem Springseil hüpft. Es sieht ihn neugierig an. Eine junge Asiatin kommt mit einem Müllsack aus der Tür, durchquert den Hof und öffnet die große Mülltonne. Es ist etwas ganz Alltägliches, was diese Frau da tut, aber Roland sieht viele Dinge nun ganz anders, weil er nicht mehr so viel in seinem Leben sehen wird. Inzwischen ist alles so anstrengend geworden. Und nun der Druck auf der Lunge. Ellen fährt ihn am nächsten Tag zu seinem Arzt. Der wiederholt seine Worte noch einmal. *Tun Sie, was immer Ihnen gut tut*. Er würde gerne mit Sarah sprechen, aber sie hat sich nicht zurückgemeldet. Vielleicht würde er auch gerne mit Andrea sprechen, aber er weiß nicht, wie er auf sie reagieren würde. Er versucht es sich vorzustellen, kommt aber zu keinem eindeutigen Bild. Wie sie heute aussieht, weiß er, weil er sie im Internet gesucht hat. Er kennt auch ihre heutigen Arbeiten. Sie hat nichts von der Kraft der Verschwendung verloren, noch immer ist sie stark und unabhängig in ihrem Tun. Es gibt ein Foto von ihr in einer Zeitung. Sie sitzt auf einem Stuhl, im Hintergrund ist eines ihrer Bilder zu sehen. In ihrem Gesicht ist ein Ausdruck, den sie schon damals hatte, und Roland denkt, dass dieser Ausdruck eine Grenze ist, hinter der so viel Verstecktes liegt, so viel Wut und Verlassenheit.

November

Es soll kein großes Bild werden, sondern nur eine Skizze von einem Gesicht. Sarahs Gesicht, das Andrea in der letzten Zeit so perfekt vorkommt und das sie wütend macht. Ein Gesicht wie auf einem Bewerbungsfoto, von dem man nicht weiß, welche Person wirklich dahintersteckt. Seit Wochen sagt sie nichts mehr über die Suche nach ihrem Vater. Sarahs Gesicht ist ohne einen einzigen Makel. Hat sie Roland angeschrieben? Hat er geantwortet? Hat er sie abgewiesen? Nichts ist zu lesen in Sarahs Gesicht, nur eines: Roland und sie haben nicht zusammengefunden, denn das würde ihr Sarah nicht verheimlichen können oder wollen.

Andrea beginnt, Sarahs Gesicht aus dem Gedächtnis zu zeichnen, grob erst die Kopfform und die Position der Augen, der Nase und des Mundes. Die Kohle, mit der sie malt, kratzt über die Leinwand. Sie beginnt, die Augen genauer zu zeichnen, den besonderen Schwung der Augenbrauen, den Sarah nicht von ihr geerbt hat. Die Kohle bricht, Andrea springt auf und wirft das Bild durch das Atelier. Sie stürmt ins Bad und wirft sich kaltes Wasser ins Gesicht. Im Spiegel sieht sie sich an, sieht die müden Augen, von deren Wimpern noch das Wasser tropft. Sie richtet sich auf, nimmt einen schwarzen Kajal und einen Lippenstift und beginnt, ihr Gesicht auf dem Spiegel nachzuzeichnen. Eine Seite so, wie es tatsächlich aussieht, wenn man sie fotografiert oder auch, wenn sie einfach nur hinausgeht. Die andere Seite zeichnet sie so, wie es sich in heimlichen, einsamen Momenten anfühlt. Heraus kommt eine Art Picasso, ein verschobenes Frauengesicht, nicht echt und gleichzeitig zutiefst erschütternd in seiner Wahrhaftigkeit. Sie sieht dieses Bild auf ihrem Spiegel lange an.

Irgendwann wird es zum Fahrradfahren zu kalt werden, aber Mark will nicht mit dem Auto durch die Stadt zur Arbeit fahren. Er mag den Stau nicht, das Stehen an Ampeln, das Sitzen und die Unbeweglichkeit auch nicht. Mit Sarah macht er am Wochenende nun lange Spaziergänge. Er weiß, sie leidet, weil sich ihr vermeintlicher Vater nicht gemeldet hat, aber ist das denn unbedingt ein schlechtes Zeichen? Vielleicht braucht er auch einfach nur Zeit für eine Antwort? Schließlich hat Sarah den Brief erst vor etwas über einen Monat abgeschickt.
Das kleine Stück Himmel vor seinem Bürofenster ist jetzt oft grau, aber wenn er am Abend nach Hause kommt, ist da eine ganz neue Wärme im Haus, weil Sarah Kleinigkeiten verändert hat, die aber doch eine große Wirkung haben. Sie hat einige Möbel umgestellt, Kerzen verteilt und zwei neue Bilder aufgehängt. Seit einiger Zeit probiert sie ständig neue Kochrezepte aus. Sarah versucht, eine Umgebung zu schaffen, in der es sich nach Geborgenheit anfühlt. Für sie und auch für ihn. Aber was will er selbst eigentlich? Er kommt sich vor wie die 14,3 Zentimeter, die zwischen den Häusern nach Platz suchen. In seinem Büro gibt es diesen Platz nicht, obwohl es geräumig ist. Aber die Strukturen dort sind festgefahren, von der in der Ausschreibung versprochenen flachen Arbeitshierarchie nichts zu bemerken und er weiß, sein Chef spricht vor anderen Kollegen schlecht über ihn, weil er auch bei ihm

schlecht über die anderen spricht. Mark hat schon lange aufgehört, etwas ändern zu wollen, und so freut er sich, dass zumindest der Stillstand, in dem er sich mit Sarah befand, nun aufgehört hat. Etwas bewegt sich in ihr und das kommt bei ihm an. Den ganzen November über gehen sie am Wochenende in den Park und Sarah überrascht ihn, weil sie sich plötzlich die Anschaffung eines Hundes überlegt. Er weiß, er will etwas an seinem Leben ändern, er will eine andere Arbeitsstelle haben, aber wäre die denn besser?

Das Gewächshaus hat Roland ihr vor fünfzehn Jahren zum Geburtstag geschenkt, und seitdem ist sie das ganze Jahr über damit beschäftigt. Sie hat viel ausprobiert, und einige Pflanzen hegt sie seit vielen Jahren. Zusammen mit dem Gärtner und einer Hausangestellten hat sie die beiden Olivenbäume, die vor der Eingangstür stehen, und den Oleander in den hinteren Teil des Gewächshauses gebracht, der von dem vorderen Teil durch eine Tür getrennt ist, so dass sie ihn heizen kann. In diesem Winter will sie Winterspinat, Blumenkohl und Brokkoli anpflanzen, aber das hat noch keine Eile.
In all den Jahren kam Roland von Zeit zu Zeit zu ihr ins Gewächshaus wie ein Besucher, und manchmal brachte er auch eine Flasche Wein mit, aber trotzdem ist es ihr eigenes kleines Reich geblieben, in dem sie Ruhe vor der Welt hat und mit ihren Ge-

danken allein sein kann. Oder allein sein musste. Früher waren das oft Gedanken daran, wo Roland denn wohl sein könnte. War er wirklich noch in der Akademie? Und wenn ja, stand er wirklich vor seinen Schülern, oder nur vor einer einzigen Schülerin? Von Andrea hatte sie damals erfahren, weil sie vor der Tür gestanden hatte, vor *ihrer* Tür, vor der Tür dieses Hauses und somit direkt am Eingang zu ihrem Leben. Aber war sie wirklich die einzige in all der Zeit gewesen? Wie viele seiner Schülerinnen hätten es mit Andrea aufnehmen können, mit dieser Stärke, die von ihr ausging und auch dieser Wut? Christin hat Roland nie wieder danach gefragt. Andrea war aus ihrem Leben gegangen und hatte bei Christin den Samen für viele Gedanken gelegt, die sie nie ausgesprochen hatte.

Das Bild will nicht gemalt werden, es spricht nicht mit Andrea und deshalb führt sie Krieg mit ihm. Das Zeichnen einer Serie von kleinen Bildern mit Portraits sieht sie deshalb auch nicht als Kapitulation an, sondern als eine Strategie, das Bild eifersüchtig zu machen. Das Handy klingelt und Andrea schaut auf die angezeigte Nummer. Sie kennt diese Nummer, sie hat sie kurz nach der Untersuchung oft gewählt. Auch dieses Mal wird sie nicht abheben, weil sie entschieden hat, die Sache erst einmal zu ignorieren. Sie packt ein paar Bilder in ihr Auto und fährt zu einer Galerie, die ihre Werke ausstellt. Seit vielen

Jahren schon. Wie viele werden es noch werden? Wie viele Jahre, Bilder und Gedanken werden noch kommen? Wie lange wird Sarah versuchen, Roland zu einer Reaktion zu bringen? Nach wie vor ist sie sich sicher, zwischen den beiden gibt es keinen Kontakt. Aber hat sie ihn angeschrieben? Würde sie das vielleicht an Rolands Gesicht erkennen können?
Sie will zuerst am Haus vorbeifahren und ihr Auto dann in einer Seitenstraße parken, aber dann parkt sie doch in der Nähe des Hauses und harrt dort aus. Es dauert zwei Stunden, dann öffnet sich die Haustür und Christin kommt mit einem Mann in grüner Arbeitshose und einer Frau heraus. Die beiden tragen Olivenbäume nach drinnen, während Christin die Tür aufhält. Christin, diese alte Dame, die immer noch so schön ist. Christin, die vielleicht Sarah kennenlernen wird, weil Sarah Roland angeschrieben hat und er sie in sein Leben lassen will. Christin, die Sarah vielleicht ein Bild von sich zeigen wird von einer feinen Dame mit einem großen Herz, weil sie nur so gegen Andrea abermals gewinnen kann, denn was sollte sie sonst tun, wenn Roland sich für einen Kontakt mit Sarah entscheiden würde?
Andrea fährt los. Sie braucht Zeit. Zeit, die ihr davonläuft. Sie wählt eine Nummer. Aus der Freisprechanlage ertönt die Musik der Warteschleife, aber die Nerven reagieren kaum darauf. Dieses Mal werden sie von etwas anderem angegriffen. Von einem Kontrollverlust, von einer Angst, die noch

unbestimmt ist. Die Warteschleife startet von vorne, dann eine Stimme: „Krebszentrum Süd, was kann ich für Sie tun?"
„Hallo, mein Name ist Andrea ..."
„Ihr Geburtsdatum bitte."
„Fünfter August Neunzehnfünfzig."
„Worum geht es?", fragt die Stimme.
„Ich war vor einiger Zeit bei Ihnen und wollte nach den Ergebnissen fragen."
„Bleiben Sie bitte in der Leitung."
Andrea fährt nun eine Allee entlang.
„Hallo", meldet sich die Stimme von Dr. Weber.
„Wie geht es mir?", fragt Andrea.
„Gut, dass Sie anrufen, wir konnten Sie nicht erreichen. Wann haben Sie Zeit, um vorbei zu kommen?"
Andrea biegt in einen Kreisverkehr, ein Auto hupt.
„Sind Sie mit dem Auto unterwegs? Könnten Sie vielleicht irgendwo anhalten?"
„Wie geht es mir?", fragt Andrea noch einmal.
„Mir wäre es wirklich lieber ..."
„Habe ich Krebs?" Wieder hupt jemand, Andrea reißt das Lenkrad herum, weil sie von der Spur gekommen ist.
„Kommen Sie vorbei", sagt Dr. Weber ruhig.
„Habe ich Krebs?" Andrea schreit die Frage heraus. Mitten im Kreisverkehr tritt sie auf die Bremse, ihr Auto bleibt mit einem Ruck stehen. Durch das Hupkonzert kann sie nichts und niemanden mehr hören.

Dezember

Sie haben das Kaminfeuer angemacht, aber Roland friert trotzdem ein wenig, und so legt Christin ihm eine Decke über die Beine. Im Wohnzimmer stehen einige Kartons mit Weihnachtsschmuck herum.
„Meine Güte, wie viel haben wir in all den Jahren angesammelt?"
„Du hast gesammelt", antwortet Roland. „Ich bin unschuldig." Christin ist froh um jeden weiteren Tag, den sie mit Roland hat. Sie beginnt, Sterne in die Fenster zu hängen und Kerzen aufzustellen.
An allen Adventssonntagen ist Ellen da, weil auch sie die verbleibende Zeit nutzen will, um bei ihrem Vater zu sein. So vergeht der Dezember bei viel Kerzenschein und mit großer Ruhe, weil es plötzlich so offensichtlich ist, wie wichtig Zeit ist. Und diese Zeit vergeht schnell.

„Was machen wir heute?" Mark deckt den Frühstückstisch. „Hast du Lust auf Kino? Wir könnten knutschen."
Sarah lacht.
„So richtig wie die Teenager in der letzten Reihe?", fragt sie.
„Na klar." Mark legt Sarah ein Brötchen auf ihren Teller.
Sarah ist fröhlich.
„Ich will in die Stadt", sagt sie. „Ich will Weih-

nachtsschmuck kaufen."
Mark ist überrascht.
„Komisch, mir ist so, als hätten wir ziemlich viel Weihnachtsschmuck in der Garage."
„Ja, aber ich will was anderes."
„Was stimmt mit unserem Weihnachtsschmuck nicht?"
„Ich weiß nicht. Ich will einfach neuen."
„Okay." Mark sieht Sarah lange an, während sie ihr Brötchen mit Käse belegt.
„Hast du denn schon Pläne für Weihnachten?", will er wissen und weiß, dass er sich auf dünnes Eis begibt. Weihnachten ist für Sarah ein Thema für sich, daher ist er ein wenig verwundert, dass sie das Thema angesprochen hat.
„Ja, ich habe mir überlegt, wir laden Freunde ein."
„Freunde?"
„Ja. Wir sind ja nicht die einzigen ohne Kinder, und da dachte ich, wir könnten uns doch zusammentun. Das wäre vielleicht ganz nett."
„Okay."
Mehr sagt Sarah dazu nicht, aber in ihrem Kopf hat sie schon das Gespräch geübt, dass sie mit ihrer Mutter führen wird und in dem sie sagt: „Wir feiern dieses Jahr mit Freunden, aber wir können am ersten Weihnachtsfeiertag zu dir kommen zum Brunch." Es ist wichtig, dass es zur Mittagszeit ist und bei Andrea. So ist weniger Platz für etwaige Auseinandersetzungen bis in die Nacht und unter Alkoholein-

fluss, und sie können einfach gehen und den Abend damit beenden.

Andrea bucht eine Reise nach Kuba. Sie wird es Sarah aber erst sagen, wenn das Thema Weihnachten angesprochen wird. Weihnachten fällt dieses Jahr aus. Andrea braucht Abstand, Abstand von allem, was sie hier umgibt. Ihre Ausstellung läuft gut und vor allem auch ohne sie, und sie braucht auch Abstand von ihrem Atelier. Von Kuba hat sie schon immer geträumt, von der Einfachheit, die dort noch herrscht. Hier ist alles so genormt, so gleich, so funktionierend. Sie wartet Tag um Tag auf einen Anruf von Sarah, aber die ist erstaunlich stur, hat sich nur selten gemeldet in den letzten Wochen. Andrea hat ihr Haus komplett auf den Kopf gestellt. Hat die Bücherregale auf die andere Seite des Raumes gestellt und ihr Bett steht jetzt in einem anderen Zimmer. Vielleicht sollte sie auch ihr Atelier aufräumen, aber schon im nächsten Moment findet sie den Gedanken an Ordnung grauenvoll.
Mitte Dezember hat Sarah immer noch nicht angerufen, morgen geht Andreas Flug.

Mark trägt das Telefon zu Sarah, die gerade dabei ist, eine Party für Silvester zu organisieren.
„Deine Mutter."
„Hallo Mama", sagt Sarah und hat das Gespräch im Kopf, das sie führen will.
„Hallo", sagt Andrea. „Wie geht es dir?"

„Gut, danke, und dir?"
„Auch gut. Ich wollte etwas mit dir besprechen, hast du Zeit?"
Sarah ist überrascht. Ihre Mutter klingt nett, behutsam irgendwie, aber Sarah vermutet einen Plan.
„Klar", sagt sie und trifft den Ton nicht so locker, wie sie es gerne hätte.
„Also ich würde Weihnachten natürlich gerne mit euch verbringen, aber ich fliege nach Kuba." Andrea scheint auf eine Reaktion zu warten, denn es entsteht eine Pause.
„Okay", sagt Sarah.
„Okay", sagt auch Andrea. „Ich hoffe, das ist okay für dich?", fügt sie dann noch hinzu.
„Ja, weißt du, wir wollten dieses Jahr eh mit Freunden zusammen feiern."
„Okay", sagt Andrea. „Also ich kann mich ja mal melden. Ich schicke eine Postkarte."
„Okay."
„Gut, bis dann."
„Bis dann." Sarah legt das Telefon weg und sieht zu Mark, der im Türrahmen lehnt und zugehört hat.
„Sie fliegt über Weihnachten nach Kuba."

Februar

Es geht schnell mit Roland. Die Lungenentzündung lässt sich nicht mehr eindämmen. Wie eine große Welle kam sie Ende Januar an und überschwemmte ihn in wenigen Tagen. Christin sitzt stundenlang bei ihm am Bett, liest ihm aus der Zeitung vor und aus einem Roman. Sie erzählt ihm, dass es Ellen gut geht, wie schön eine Ballettaufführung von Anna war, wie stolz die Kleine danach war und dass sie ihr eine Schultüte gekauft habe.

„Warum hat sie mir nicht geantwortet?“, fragt Roland plötzlich.

Christin sieht ihn an und denkt an Sarahs Brief, den sie heimlich gelesen hat. Sie denkt an die Worte, die dort geschrieben stehen. *Meine Mutter Andrea ist eine etwas schwierige Person. Ich möchte mich nicht in ihr Leben einmischen, und sie ist auch eine wundervolle Künstlerin, aber in meiner Kindheit hat mir etwas gefehlt, das man wohl am besten als Zugehörigkeit bezeichnen kann. Ich hatte immer viele Menschen um mich herum, Künstler, Freigeister, Abenteurer, aber nie den kleinen und sicheren Kreis einer Familie. Meine Mutter hat mir nie viel von Ihnen erzählt. Sie ist sehr wütend auf Sie. Ich mache Ihnen keine Vorwürfe und ich möchte mir gerne ein eigenes Bild von Ihnen machen. Vielleicht wird es schwer für uns beide werden, aber ich hoffe trotzdem, dass Sie mich kennenlernen möchten.*

Christin erinnert sich an diese Worte, und jetzt, neben Roland sitzend, hören sie sich anders an. Jetzt, da sich dieser Ausdruck auf sein Gesicht gelegt hat. Sie will nicht, dass jemand ein falsches Bild von Roland hat, und ganz besonders nicht diese junge Frau, von der Christin immer so getan hat, als gäbe es sie nicht. Sie bleibt noch ein paar Minuten sitzen, solange, wie Roland braucht, um in einen leichten Schlaf weg zu dämmern. Leise steht sie auf, legt das Buch sorgsam auf den Stuhl und verlässt das Zimmer. Draußen im Gang lehnt sie sich an die Wand und weint. Und obwohl sie dies tut, und obwohl sie das Gefühl hat, nie zuvor geweint zu haben, ist sie immer noch eine Dame mit Stil. Zwischen zwei Büchern zieht sie den Brief heraus, den Roland als Antwort an Sarah geschrieben hat und den sie seither versteckt hält. Sie zieht sich ihren Mantel an und sagt der Angestellten, sie gehe spazieren.

Sarah wollte das Jahr beenden, indem sie mit Vergangenem abschließt, und das neue Jahr mit schönen Dingen beginnen. Bis Ende Januar hat das teilweise funktioniert. Sie hat den Kleiderschrank ausgemistet und Mark dazu gebracht, dasselbe mit der Abstellkammer im Keller zu tun. Sie geht wieder regelmäßig schwimmen und hat ihren Konsum von Kaffee eingeschränkt. Nur in einer Sache war sie nicht erfolgreich, denn sie hat nicht aufgehört, auf eine Antwort von Roland zu warten. Aber sie lässt das Alltägliche und das Neue so in ihr Leben, dass ihr das Warten momentan erträglich erscheint. Sie ist froh, ihrer Mutter nichts von dem Brief erzählt zu haben. Ihre gemeinsamen Gespräche sind kurz. Sarah weiß, sie wird sich irgendwann mit ihr auseinandersetzen müssen, aber das hat Zeit. Jetzt ist das

neue Jahr und sie hat mit neuen Dingen angefangen. Es geht ihr gut und so ist die Reaktion auf den Brief im Briefkasten eine so wilde Mischung aus Gefühlen, dass sie den Briefkasten lange anstarrt. Und weil es so lange gedauert hat, und weil so viel Zweifel in den Tagen und Monaten dazwischen lag, ist sie befangen, als sie den Brief in die Küche trägt, auf die Theke legt und ihn lange ansieht, bevor sie sich unter die Dusche stellt. Sorgsam steckt sie sich die Haare hoch und zieht sich ein schönes Strickkleid an. Dann setzt sie sich vor den Brief und öffnet ihn. Sie sitzt noch am Abend so da, als Mark nach Hause kommt. Er begrüßt sie, aber sie antwortet nicht.
„Alles okay mit dir?“
Sarah geht zum Kühlschrank, holt zwei Flaschen Bier und verschiedene Beläge für ein Brot heraus.
„Hunger?“, fragt sie. Sie meidet es, ihn anzusehen.
Mark sieht den Brief auf der Theke liegen. Er macht sich ein Brot, beißt hinein und fragt nicht nach, noch nicht, weil er nicht genau weiß, was nun das Richtige ist. Er will noch abwarten, weil Sarah wie ein vibrierendes, dünnes Glas ist, auf dessen Rand ein Ton gedreht wird.
Als sie sich entscheidet, ihm den Brief zu geben, schaut Mark sich als erstes den Absender an, um seine Vermutung bestätigt zu finden. Der Ton dreht sich immer noch auf dünnem Glas.
„Er will sich mit mir treffen. Ich habe meinen Vater gefunden.“

„Das ist ... großartig. Freust du dich denn nicht?"
„Doch, ich ... ich weiß nicht, was ich denken soll. Ich ... er hat gefragt, ob meine Mutter davon weiß. Warum? Immer meine Mutter!"
Der Ton vibriert nun wieder, sind sie doch nah an seinem Ursprung.
„Mach dir keine Gedanken deswegen", beruhigt er sie.
„Doch, ich mache mir Gedanken deswegen. Es geht doch hier um mich und nicht um meine Mutter!"
Mark berührt sie behutsam und nimmt sie dann in den Arm, um die Vibration zu stoppen. Er sagt ihren Namen, er nennt sie Schatz, er streichelt sie.
„Es geht um mich ..."
„Ist schon gut, Schatz".
„Entweder sie ist nicht da, oder sie steht im Mittelpunkt."
„Schatz, alles wird gut. Alles wird gut." Er wiederholt diesen Satz, bis Sarah so müde ist, dass er sie ins Bett tragen muss. Als sie endlich eingeschlafen ist, geht er die Treppe herunter und räumt die Küche auf. Jetzt ist da diese starke Bewegung in Sarahs Leben. Und in seinem? Ihm ist, als habe er die ersten Wochen des Jahres einfach verschlafen.

Christin weiß nicht, ob sie das Gemüse aussäen soll oder nicht. Sie will nur einfach neben Roland am Bett sitzen und ihn nicht allein lassen. Den Januar hat er noch ganz gut überstanden, sie haben die letzten Dinge geregelt, die zu regeln waren. Nun will sie sich vorbereiten, aber dafür muss sie über Gewesenes nachdenken, und das fällt ihr schwer. Also geht sie doch in ihr Gewächshaus und legt die kleinen Tüten mit den Samen auf die Beete, um zu überlegen, wo sie was aussäen will.

Das Bild spricht immer noch nicht zu Andrea, es führt immer noch Krieg mit ihr und es ist gut darin. Die Farben funktionieren einfach nicht, sind störrisch, wollen nicht, starren sie an in einer totalen Verweigerung. Andrea hat alle Pinsel ausgetauscht, aber das war auch nicht der Grund, warum nichts funktioniert. Sie hört eine Tür und dreht sich um.
„Wo kommst du denn her", fragt sie Sarah, die durch den Garten gekommen ist.
„Deine Klingel funktioniert nicht."
„Hab` sie abgestellt." Andrea beobachtet ihre Tochter, die das Bild betrachtet. Das will sie nicht, sie will nicht, dass dieser Krieg eine Zuschauerin hat, denn noch hat Andrea ihn nicht gewonnen. Andrea wirft den Pinsel in einen Becher mit Wasser. Es klappert, Sarahs Blick wandert zu diesem Geräusch, dann zu Andrea.
„Hat es schon einen Titel?"
Eine knapp formulierte Frage, die im Raum stehen bleibt und der Andrea den Zigarettenrauch entgegen bläst. Rauch zwischen zwei Beobachtern. Andrea versucht, die Situation abzuschätzen, denn da

ist etwas bei ihrer Tochter, das neu ist.
„Ich will dich nicht von der Arbeit abhalten", sagt Sarah, greift in ihre Tasche und holt ein Kochbuch heraus, das sie ihr gibt.
„Danke fürs Ausleihen."
Andrea kann sich nicht erinnern, seit wann das Kochbuch bei Sarah ist. Es müssen Jahre sein.
„Und, wie hat es geschmeckt?"
Sarah lächelt, zieht den Reißverschluss ihrer Tasche zu und hebt das Kinn ein wenig.
„Sehr überraschend. Ich hab dir einen Zettel reingesteckt. Falls du nicht weißt, was du dir heute kochen sollst."
Dann geht sie hinaus, dieses Mal durch die Eingangstür. Ein Luftzug verweht den im Raum stehenden Rauch, so dass eine neue Form entsteht. Andrea öffnet das Kochbuch und entdeckt das Foto von sich und Roland.
Das Bild wird auch heute nicht mehr zu Andrea sprechen.

Sarah wartet in ihrer Küche, das Telefon liegt vor ihr. Als es klingelt, nimmt sie ab, ohne etwas zu sagen. Die Stimme ihrer Mutter klingt hart und nervös.
„Das wird nicht gut ausgehen. Lass das, was auch immer du vor hast!"
Sarah antwortet nicht. Sie atmet nur ein und wieder aus, weil sie sich sicher fühlt. Ohne Hast, ohne

Angst, ohne einen Gedanken, der schmerzt.
„Sarah, es wird dir nicht gut tun."
Wieder ein Einatmen, ein Ausatmen, eine Ruhe, die sich in der Küche ausgebreitet hat.
„Sag du mir nicht, was mir gut tut und was nicht. Das hast du noch nie gewusst, Mama."
„Oh doch, das weiß ich sehr genau!"
„Ich werde mich mit Roland treffen", sagt Sarah ruhig und legt auf.

März

Ellen ist gekommen, weil Christin sie angerufen hat. Sie hat sich beeilt und sitzt nun am Bett ihres Vaters. Ein Arzt ist anwesend. Roland öffnet die Augen, sieht seine Tochter an und dann Christin, die weiter hinten im Raum steht. Der Arzt schließt seine Tasche, Christin öffnet leise die Zimmertür und geht mit dem Arzt hinaus. Er sagt, sie solle die Angehörigen anrufen. Die Hausangestellte begleitet den Arzt hinaus und Christin betritt Rolands Arbeitszimmer. Schon beim Betreten hat sie das Gefühl, das Bild neben dem Schreibtisch habe sich verändert. Es muss das Phänomen des *Jamais-vu* sein, das Gegenteil des schon einmal Erlebten, obwohl das nicht so ist. Das *Jamais-vu* bringt Christin dazu, zu glauben, dieses Bild nie vorher gesehen zu haben. Da gibt es einen Punkt in der Mitte, und je länger Christin das Bild betrachtet, umso sicherer ist sie, dass die Farben beginnen, sich um diesen einen Punkt zu drehen. Wie ein Sturmauge, das sie nun anstarrt. Christin starrt zurück, und genau mit diesem Blick steht sie kurze Zeit später in Andreas Ausstellung. Diese Starre hat sie hierher gebracht. Sie spürt sie in ihrem Körper, in ihrem Gesicht, in ihrem Blick. Nichts kann sie mehr bewegen und alles tut ihr weh. Christin dreht sich, um zum nächsten Bild zu gehen. Jemand sieht sie an. Ohne Wertung, oder doch nicht? Eine junge Frau. Christin und sie stehen voreinander, keine bewegt sich. Ist da eine Wertung? Ein Vorwurf? Wut oder Mitleid? Christin sieht das Gesicht der jungen Frau lange an, und dann, wie wenn ein Blatt von einem Ast fällt, senkt sie den Blick. Als sie wieder aufsieht, lächelt Christin die Frau auf dem Bild an, weil sie eine Suchende sieht, eine, der ein Teil ihrer selbst fehlt. Mitgefühl ist eine ganz andere Farbe als Mitleid.

„Ich bin es, deine Mutter“, sagt Andrea und plötzlich fällt ihr auf, dass sich dieser Satz irgendwie anders anhört als sonst.
„Hallo.“
„Was machst du so?“, fragt Andrea mit einer Stimme, die zu hoch klingt, und das ärgert sie.
„Du weißt, was ich machen werde, ich habe es dir vor zwei Wochen gesagt.“
„Ja, darüber wollte ich mit dir reden.“
„Warum?“

„Wann triffst du dich mit Roland?"
„Soll das ein Scherz sein? Willst du versuchen, es zu verhindern?"
„Ich will...", beginnt Andrea den Satz und findet keine weiteren Worte, um ihn zu Ende zu führen.
„Was? Was willst du, Mama? Du willst nicht, dass es mir gutgeht!"
„Ich will nicht...", Andrea weiß immer noch nicht, was sie sagen soll, und das macht sie rasend vor Wut. Sie wirft das Telefon an die Wand und stürmt hinaus zu ihrem Auto. Von jetzt an setzt sie sich jeden Tag ins Auto und wartet.

Sarah sitzt an einem Tisch in einem italienischen Restaurant. Es ist noch ein wenig Zeit. Lange hat sie überlegt, ob sie ein paar Minuten früher oder später kommen soll, sie hat beide Situationen im Kopf immer wieder durchgespielt. In der ersten sitzt sie schon am Tisch, als Roland das Restaurant betritt, in der zweiten sitzt ihr Vater schon da und steht auf, als sie sich ihm nähert. Sie ist pünktlich gekommen, hat extra noch eine Minute hinter einer Straßenecke gewartet und sich ein Schaufenster angesehen, von dem sie jetzt nicht mehr weiß, was darin zu sehen war. Sie kramt in ihrer Tasche nach etwas, blickt auf und erschrickt. Eine Frau steht vor ihr und sieht sie an. Dann setzt sie sich an den Tisch, legt die Ellbogen auf den Tisch und die Hände übereinander.
„Guten Abend", sagt sie. Ihre Stimme klingt vom

Alter brüchig.
„Guten Abend“, antwortet Sarah irritiert.
Die Frau legt Sarahs Antwortbrief auf den Tisch, in dem sie Roland das Restaurant vorgeschlagen, den Tag und die Uhrzeit genannt hat. Ein Bild von ihr liegt auch dabei.
„Ich bin die Ehefrau“, sagt Christin.
Sarah braucht einige Sekunden, um zu verstehen, wen sie vor sich hat, obwohl es doch so simpel ist. Sie versucht, Fragen zu formulieren, aber da ist nur eine Leere.
„Sarah, richtig?“, fragt die Frau. „Natürlich richtig. Ich kenne Ihren Namen noch von früher. Wie alt sind Sie jetzt? Egal. Ich hatte wirklich gedacht, ich würde nie wieder von Ihnen oder dieser Frau hören. Ich meine Ihre Mutter. Ich war gestern in einer ihrer Ausstellungen. Talentierte Frau. Sind Sie auch talentiert, Sarah?“
Es ist, als habe Sarah sich selbst ins Gesicht geschlagen und sich angeschrien, denn sie erwacht.
„Nein“, antwortet sie und stellt ihre Tasche, die sie noch immer auf den Knien hat, auf den Boden.
„Sie sind also nicht wie Ihre Mutter?“
„Sind Sie wie Ihre Mutter?“, kontert Sarah.
Christin lächelt.
„Warum sind Sie hier?“, will Sarah wissen.
„Mein Mann ist leider nicht mehr in der Lage zu kommen. Er ist sehr krank. Ich habe mich verpflichtet gefühlt, an seiner Stelle zu kommen. Weiß Ihre

Mutter von diesem Treffen?"
„Haben Sie sie jemals kennen gelernt?"
Christin sieht Sarah an, ohne zu antworten. Längere Zeit sagt keine von beiden ein Wort.
„Sie sind in der besseren Position als ich", fährt Sarah fort. „Sie brauchen das nicht zu demonstrieren. Sie könnten mir jetzt sagen, dass ich nur das Produkt einer Affäre zwischen einer jungen Kunststudentin und ihrem Professor bin. Dass ich das Resultat eines Klischees bin." Sarah hält inne, überlegt, formt Fragen im Kopf. „Wollte er mich wirklich sehen? Warum erst jetzt? Er hätte mich leicht ausfindig machen können, meine Mutter lebt in der Stadt. Ist es, weil er krank ist?"
„Er ist nicht krank, er wird sterben. Was wissen Sie über Roland?"
„Dass er mich nicht haben wollte. Er war schon mit Ihnen verheiratet. Ich war eben nur ein Unfall, ein Fauxpas."
Dieses Wort hallt in Sarah nach. Sie hat dieses Wort schon oft gehört, aber nun, so über den Tisch gesprochen, klingt es anders. Vielleicht ist es der Klang dieses Wortes, der, weil er ungewohnt ist, etwas in ihr los tritt. Sie legt die Ellbogen auf den Tisch wie Christin, legt die Hände flach übereinander und sieht, den Kopf leicht schräg gehalten, über den Tisch.
„Sagen Sie, was war an Ihnen so langweilig, dass er ins Bett meiner Mutter gekrochen kam?"

„Sie sind mutig.“ Christin meint es sehr aufrichtig, und Sarah weiß das. Sie kann es sehen in diesem alten Gesicht, in dem noch sehr viel Schönheit ist und eine große Würde.
„Was wissen Sie über Roland?“, wiederholt Christin ihre Frage.
„Nicht viel, meine Mutter hat mir nie gesagt, dass er mein Vater ist. Ich habe es zufällig herausgefunden.“
„Sarah, was haben Sie erwartet von diesem Treffen? Weiß Ihre Mutter davon?“
„Ja, ich habe es ihr erzählt. Sie hat versucht, mich davon abzuhalten. Ich verstehe das nicht. Wäre er ein so böser Mensch, hätte er mir dann zurückgeschrieben?“
„Er ist kein böser Mensch, Sarah. Bis heute hängt ein Bild mit Ihrem Namen in der Nähe seines Schreibtisches. Er kann es immer sehen. Er hatte es damals gemalt, um mit Ihnen abzuschließen.“
„Aber warum wollte er denn mit mir abschließen?“
„Nun, er ...“ Christin blickt auf einen Punkt hinter Sarah. Es ist, als wäre sie ein Portrait, aus dem die Farben plötzlich herausfließen. Sarah dreht sich um. Andrea steht dort, aufgelöst, schwankend. Sarah steht auf, das Einatmen funktioniert nicht, ein Ausatmen auch nicht. Sie ist zu keiner weiteren Reaktion fähig, als aus dem Restaurant zu flüchten, vorbei an Andrea, die ihr erst nachsieht und dann wieder zu Christin schaut. Sie entscheidet sich für ihre Tochter und verlässt das Restaurant. Zurück bleibt Christin,

die tief durchatmet und versucht, die Farben wieder zusammenzufügen.

Andrea ist zu spät auf der Straße, Sarah ist schon davon gefahren. Sie fährt ihr nach, kann sie aber nicht mehr einholen. Vor Sarahs Haus angekommen, sieht sie noch, wie Sarah die Tür zuwirft. Andrea schlägt an die Haustür und das Fenster, aber Sarah öffnet nicht. Irgendwann kommt Mark an die Tür.
„Sie will dich nicht sehen“, sagt er und stellt sich gegen sie, als sie versucht, an ihm vorbei durch die Tür zu gelangen.
„Ich will mit meiner Tochter reden!“
Mark hält sie weiter auf.
„Sie soll mich anrufen, ja? Sag ihr das!“

In den nächsten Tagen malt Andrea manisch an ihrem Bild, das sie jetzt laut anschreit. Immer mehr Farbe wirft sie auf die Leinwand, bis es ihr zu viel wird und sie sie wieder herunterkratzt. Die Leinwand reißt. Andrea überklebt den Riss mit einem Ersatzstück.
Es ist früher Abend, als es an der Tür klingelt. Mark steht zwischen Sarah und Andrea, kommt dann aber nicht mit hinein. Sie gehen ins Atelier, keine der beiden will den Anfang machen. Sarah sieht das gerissene Bild.
„Du hast es kaputt gemacht“, stellt sie fest.
„Absichtlich.“

„Warum?"
„Hatte Lust dazu." Andrea greift nach einem Weinglas.
„Ich glaube dir nicht."
„Ich lüge also?"
„Hast du mich angelogen Mama? Hast du?"
„Was hat dir diese Christin erzählt?", faucht Andrea.
„Was?!"
„Was sie dir erzählt hat!"
„Dass mein Vater kein böser Mensch war. Das hat sie mir erzählt, und sie hätte mir mehr erzählt, wenn du nicht plötzlich aufgetaucht wärst. Was hattest du da zu suchen!"
Andreas Bewegungen sind so heftig, dass der Wein aus dem Glas schwappt.
„Ein Unfall. Das bist du. Das hat sie damals gesagt. Dass du nur ein Unfall bist und ich mich zu verpissen habe. Das hat diese Christin gesagt."
„Er hat ein Bild. Es hängt dort, wo er es immer sehen kann. Es heißt Sarah. Hast du das gewusst?"
„Das ist lächerlich."
„Du willst nur, dass es lächerlich ist. Du willst diese Frau schlecht machen, aber sie ist nicht schlecht. Ich war nicht einfach nur ein Unfall, für den er keine Verantwortung übernehmen wollte, nicht wahr?"
„Das hat sie dir erzählt? Das ist nicht wahr!" Andrea nimmt einen Pinsel zur Hand, taucht ihn irgendwo in einen offenen Farbtopf und schlägt die Farbe auf das Ersatzstück über dem Riss.

„Warum hatten wir nie ein richtiges Zuhause?“, fragt Sarah. „Warum sind wir ständig umgezogen? Warum hast du nie daran gedacht, dass ich als Kind so etwas wie Sicherheit gebraucht hätte?“
„Dir ging es nie schlecht!“
„Aber mir ging es auch nie gut! Ich habe nie Freunde gehabt, außer deinen komischen Künstlerfreunden. Ich habe ständig die Schule gewechselt. Nur, weil du dich selbst verwirklichen wolltest als ach so große Künstlerin.“ Sarah versucht, sich zu beruhigen. „Sie war in deiner Ausstellung.“
„Was?“ Der Pinsel verharrt auf der Leinwand.
„Christin. Weißt du, sie ist nicht so wie du. Sie ist nicht verbittert. Sie hat eine Familie, für die sie da ist. Eine richtige Familie.“
„Zu der du nicht gehörst!“ Der Pinsel ertrinkt in der Farbe.
„Und wer hat das verhindert?“
„Er wollte uns nicht! Er war verheiratet und ich war nur eine ... eine Affäre.“
„Sag, dass er nichts mit mir zu tun haben wollte.“ Sarah sieht ihrer Mutter direkt in die Augen.
„Herrgott Sarah, lass das alles endlich ruhen.“
„Sieh mich an und sag mir, dass er keine Verantwortung für mich übernehmen wollte!“
„Hör auf zu schreien!“
„Sag es mir!“
„Nein!“
„Nein was?“

Andrea wirft den Pinsel weg. Eine Gießkanne steht auf dem Boden, sie füllt sie und überschwemmt die Bäume.
„Er wollte mich nicht", sagt sie dann und sieht dem Wasser zu, das auf ihre Füße tropft. „Er ist zurück zu dieser anderen Frau gegangen. Er hatte sich entschieden. Ich habe nicht zugelassen, dass er Kontakt mit dir hat. Ich dachte, das wäre nicht gut für dich."
„Du dachtest, es wäre nicht gut für mich? Du dachtest, es wäre gut für mich in der Annahme aufzuwachsen, mein Vater wollte keinen Kontakt zu mir?"
„Ich bin deine Mutter und mehr brauchst du nicht. Hast du nie gebraucht!"
„Du bist doch nie eine Mutter gewesen! Du warst doch immer nur Künstlerin! Dort hätte ich wenigstens einen Vater gehabt!" Sarah sieht wieder auf das Bild. „Weißt du was, du hast gar nichts. Du hast nur deine Bilder und sonst nichts. Wenn verletzter Stolz und Egoismus ein und dasselbe Gesicht hätten, es wäre deins."
Sarah geht aus dem Atelier hinaus. Das Wasser tropft immer noch auf Andreas Füße.

April

Das Lineal ist nicht mehr da. Marks Kollege hat es sich aus dem Becher genommen, als er mit Mark gesprochen hatte und es immer wieder in seiner Hand gedreht, während er ihm ein Projekt übertrug.

Einfach so vor die Füße hatte er es ihm geworfen und das Lineal dann mitgenommen. Am Abend begegnet er dem Kollegen noch einmal auf dem Parkplatz vor der Firma. Der Kollege verabschiedet sich und fährt in einem teuren Auto davon. Mark kommt sich klein vor. Wieder fährt er über die Promenade nach Hause, statt den kurzen Weg zu gehen. Zuhause angekommen, tauscht er den Schlauch des Vorderreifens aus, weil er Luft verliert. Er macht das sehr gut, er ist geschickt. Sarah kommt heraus und gibt ihm ein Bier in die Hand, sie selbst hat ein Glas Weißwein. Sie setzt sich auf die oberste der drei Stufen zu ihrer Eingangstür und sieht die Straße hinunter. Sie hat sich eine Decke umgewickelt. Ein paar Kinder spielen Fußball.

„Willst du eigentlich nicht mal was komplett anderes machen?“, fragt er sie.

„Was?“

„Keine Ahnung, irgendetwas, dass du gerne tun würdest. Einfach so.“

Sarah fällt nichts ein.

„Bist du zufrieden, Sarah?“

„Nein, eigentlich nicht.“

„Also würdest du gerne etwas verändern?“

„Keine Ahnung. Das geht nicht einfach so“, antwortet Sarah. „Renovieren“, sagt sie dann.

„Renovieren?“

Sarah lacht.

„Ja, renovieren. Unsere Wohnung. Ich mag Blau. Ich

würde gerne irgendetwas blau streichen."
„Warum tust du es nicht?"
„Es gibt wichtigere Dinge. Mein Vater stirbt, ohne dass ich ihn kennenlernen konnte, meine Mutter spricht nicht mehr mit mir und ich weiß auch nicht, ob ich das überhaupt wollen würde."
„Wann hast du mich das letzte Mal gefragt, wie es mir geht?"
Sarah sieht ihn erstaunt an.
„Schon lange nicht mehr", antwortet sie dann.
„Sarah, ich weiß, du hast es nicht leicht gehabt in den letzten Monaten. Aber ich fühle mich eingeengt, verstehst du? Ich muss mich mehr um mich selbst kümmern."
Mark setzt sich auf sein Rad und fährt zurück an die Promenade, weil er diesen Ort inzwischen sehr zu schätzen weiß. Es ist ein angenehmer Abend und er lässt für kurze Zeit sein Lenkrad los. Die Strecke, die er inzwischen freihändig fahren kann, ist länger geworden. Er hält an und lehnt sich auf seinem Rad an das Geländer zum Fluss und schaut der Welt zu. Ein paar Inlineskater zeigen ihre Kunststücke und Mark denkt, er ist unbeweglich geworden in den letzten Jahren. Er, Sarah, die Arbeit, alle und alles verharrt in einer Position, die er nicht will. Als ob er in einem Wartezimmer vor einer Tür stehen würde, die nicht aufgeht. Verharrend in einer Warteposition, in einem Raum gefangen, in dem er die Wände nach einem anderen Ausgang abklopft. Einengende Ver-

gleiche schleichen durch Marks Kopf und dann ein Sprung. Einer der Inlineskater hat Anlauf genommen und ist auf das Geländer am Fluss gesprungen. Sekundenlang verharrt er dort oben, balancierend, leichtfüßig, fast schwebend. Dann stößt er sich wieder nach hinten ab, landet auf dem Asphalt, dreht sich und rauscht davon. Seine Leichtigkeit bleibt bei Mark zurück, und es ist, als setze sie sich neben ihn auf das Geländer und ändere seinen Blickwinkel. Aus einer Laune heraus beginnt Mark, lachende Menschen zu zählen. Und mitten in der Menge entdeckt er eine Asiatin, die Flyer verteilt. Sie lacht über einen der Inlineskater, der nahe an sie herangefahren ist. Ihr Lachen ist schüchtern, es ist ehrlich. Mark beobachtet es und empfindet dieses Lachen als neu, als jung, als etwas, das es noch nicht lange gibt. Er entdeckt eine zweite Asiatin, die auf ihn zukommt, ihm einen Flyer in die Hand gibt und ihm eine kurze Handmassage anbietet. Mark willigt ein, sie stellt sich neben ihn und nimmt seine Hand in die ihre. Ihre Daumen drücken sich in seine Handfläche, die Finger bilden ein Bett für Marks Hand, in das er sie hineinlegen will. Aber es gelingt ihm nicht, er kann das Gewicht seiner Hand nicht in die ihren geben. Er sucht die Umgebung nach der anderen Asiatin mit dem schönen Lachen ab, und da ist sie. Sie steht vor einer Frau, hält deren Hand in der ihren, streicht die Finger aus, verbindet ihre Hand mit der der Frau wie zum Gebet, bewegt Gelenke, streicht der Frau mit ihren Daumen bis über das Handgelenk hinaus. Effektive, ruhige Bewegungen, die nichts weiter brauchen, die keinen Zusatz brauchen, weil sie richtig sind. Plötzlich wird ihm selbst seine eigene Hand auf sein Knie gelegt, das ein wenig erhoben ist, weil das Fahrradpedal auf der Seite oben ist, und er sieht sie an, als wäre sie nicht die seine. Langsam bewegt er seine Finger, sieht sie an, die Haut, die Rillen an den Knöcheln, die Fingernägel. Diese Hand tut nicht das, wofür sie da ist, denkt Mark, sieht wieder auf und findet die lachende Asiatin nicht mehr.

Am nächsten Tag ruft er die Nummer an, die auf dem Flyer steht. Gleich am Vormittag bekommt er einen Termin. Ihren Namen erfährt er nicht, aber sie ist da. Jetzt, da sie mit ihren Händen über seinen Rücken fährt, spürt er all die Stellen, an denen sich der Ärger konzentriert und festgesetzt hat. Er zuckt leicht zusammen, als sie über eine der Stellen mit ihrer Hand streicht.

„Tut weh?", fragt sie ihn mit einem Akzent in der Sprache.

Während er daliegt und ihre Hände und Ellbogen an seinem Körper spürt, überlegt er, was es ist, das er da fühlt. Geht es hier um sie? Um ihn? Um seine Frau Sarah? Oder geht es einfach nur um den Augenblick. Das Jetzt und Hier, das Nicht-an-Morgendenken. Das einfache Dasein, hier liegen, einfach so, ohne woanders sein zu müssen. Das scheint es zu

sein. Seine Arme liegen neben ihm am Körper und sie verschränkt ihre Finger mit den seinen. Wie ein Gebet an den Moment. Von draußen hört er leise ein Telefon und dann die Stimme der Frau am Empfang.
„Hallo?“, sagt sie, „Massage ja ... Normal, ja ... Thaimassage richtig ... Mit die Hand und auch Ellenbogen, ja ... Mit die Hand ... Nein, nur mit die Hand.“
Die verschränkten Hände lösen sich. Etwas wird auf Thai gesagt und der Moment verwandelt sich, weil Mark versteht, was der Anrufer gefragt hat. Und er spürt die Reaktion der Frauen. Das Lachen am Ufer, die verschränkten Hände, die Liebe zum Detail des Körpers, und dann dieser Anruf, der all das auf das Banale zieht, etwas, in dem Demütigung eine Rolle spielt, weil Mark es so empfindet. Das Lachen wurde gedemütigt, der Moment, das Jetzt und Hier. Oder ist er einfach nur naiv? Ist es naiv von ihm, das hier als etwas Besonderes zu empfinden? Etwas, für das er bezahlt und danach kommt der Nächste und legt sich hier hin? Von draußen hört er die Stimme der Frau vom Empfang.
„Dumme Mann“, sagt sie.
Das Lachen, das ihm nun den Rücken ausstreicht, fragt nach dem Wort, weil sie es scheinbar nicht verstanden hat.
„Ein sehr dummer Mann“, antwortet Mark ihr anstelle der Frau am Empfang.
Als er auf die Straße tritt, liegt ein Frühlingsregen in

der Luft. Mark hört seine Mailbox ab, auf der Sarah ihn bittet, ein paar Sachen aus dem Supermarkt mitzubringen.

Als der Frühlingsregen den Staub der Blüten von den Dächern der Stadt wäscht, sitzt Andrea vor ihrem Bild und sieht es an. Keine Zigarette brennt, kein Wasser läuft aus gefluteten Pflanzen in ihrem Atelier, kein Alkohol steht im Glas. Ein ganz und gar nüchterner Moment in allen Dingen. Als der Regen den Staub von den Blättern der Bäume wäscht, sitzt Sarah in ihrer Küche und lässt eine Blüte liegen, die auf die Theke gefallen ist. Als der Frühlingsregen den Staub der Blüten von den Autos wäscht, fährt Mark freihändig eine Straße entlang. Als der Frühlingsregen den Staub der Blüten von der Straße wäscht, sitzt Christin an Rolands Bett. Sie erzählt ihm, wie wundervoll seine Tochter Sarah ist, wie klug und freundlich. Sie erzählt es ihm, weil es ihr ein Bedürfnis ist. Weil sie es so empfindet und weil sie die Wahrheit sagen will. Und sie erzählt es ihm, weil sie es spüren kann.
Und dann geschieht es: Als der Frühlingsregen den Staub von den Menschen wäscht, atmen alle einmal ein und wieder aus. Nur Roland nicht.

Mark kommt aus dem Supermarkt und schließt sein Fahrrad auf. Eine junge Frau läuft an ihm vorbei und zwei Männer kreuzen ihren Weg, beide mit einer Bierflasche in der Hand. Mark beobachtet das, während er sein Fahrrad ein paar Zentimeter vom Boden hebt und es dann fallen lässt, um das Regenwasser loszuwerden. Er beobachtet, wie die Männer sich nach der Frau umdrehen, ihr hinterher blicken. Nur ein kurzer Moment, doch egal wie kurz, in Marks Augen ist er falsch. Der Ausdruck der Männer in ihren Gesichtern, als sie sich wieder zurückgedreht haben. *Nur mit der Hand* hatte die Thai gesagt und Mark hatte gewusst, was gefragt worden war. Jetzt hat er ein Gesicht zu der Frage. Und als diese Gesichter an ihm vorbeilaufen, sieht Mark sie an.

„Lasst den Scheiß", sagt er zu ihnen.

„Was soll ich lassen?", sagt einer der Männer und baut sich vor ihm auf.

Mark kann die Frage am Telefon hören. Diese Reduzierung, diese Demütigung. Die Zerstörung des Momentes durch die Reduktion auf banalen Sex. Er sieht die beiden betrunkenen Männer vor sich stehen und denkt an die Masseurin, und diese Bilder passen nicht zusammen und machen Mark wütend.

„Lass gut sein", sagt er zu ihnen, weil er keinen Ärger will. Er dreht sein Fahrrad um und plötzlich spürt er einen Schlag an das Fahrrad und hört, wie etwas zerbricht und zu Boden fällt. Er dreht sich um, die Männer lachen und sehen ihn an, wild, provozierend und betrunken. Mark stellt sein Fahrrad zur Seite, bückt sich nach seinem Licht, das der Mann

abgetreten hat, und versucht, die Wut unter Kontrolle zu bringen, die in ihm aufgestiegen ist. Einer der Männer wirft seine Bierflasche auf Marks Fahrrad, sie zersplittert und eine Scherbe trifft Mark neben dem Auge.
„Fick dich", sagt der Mann und sie drehen sich zum Gehen.
Mark spürt den Schnitt neben dem Auge, er zieht sich einen Glassplitter aus der Haut und sieht Blut daran.

Sarah holt ihn von der Polizei ab, wo Mark die Männer angezeigt hat. Sie sagt kein Wort.
„Weißt du, was interessant ist?", fragt Mark.
Sarah biegt hektisch ab. Sie will es nicht wissen.
„Das ist alles wegen einer fremden Frau passiert."
Obwohl nur noch wenig Regentropfen auf der Autoscheibe verblieben sind, schaltet Sarah die Scheibenwischer ein.
„Egal, warum es passiert ist, es war dumm und kindisch von dir. Du hättest die Männer nicht provozieren sollen. In welcher Gegend hast du dich überhaupt herumgetrieben?"
„Seltsam, nicht wahr", antwortet Mark, „nur um eine Ecke herum, nur eine Straße weiter, weil du eine Abkürzung nehmen willst, und schon wartet dort eine andere Welt auf dich. Es gibt so viele Welten um uns herum."
„Es wäre schön, wenn du dich nicht weiter in ir-

gendwelchen anderen Welten herumtreiben würdest."
Der Scheibenwischer findet keine Tropfen mehr auf der Windschutzscheibe. Mark sieht ihm dabei zu, wie er über das trockene Glas schabt und stottert.
„Würdest du nicht wollen, dass ich mich für dich einsetze?"
„Eine verdammte Provokation als Einsatz? Was soll das sein? Ein Liebesbeweis?"
„Hättest du gerne einen Liebesbeweis?"
„Ich will einen Mann, der sich nicht wie ein kleiner Schuljunge benimmt."
Eine Ampel wird rot und Sarah hält an. Mark öffnet die Tür und steigt einfach aus. Sarah bleibt allein zurück. Der Scheibenwischer sucht die Scheibe nach Tropfen ab und hinter ihr beginnen die Autos zu hupen.

Das Licht des Anrufbeantworters blinkt, als Sarah nach Hause kommt. Sie drückt auf den kleinen Knopf, und während sie zuhört, entsteht ein Riss in ihrem Leben, durch den eine neue Farbe hereinfließt. Sie, alles was gewesen war und alles, was noch sein wird, verändert sich, während sie Christins Stimme zuhört.
„Hallo Sarah. Ich wollte mich bei Ihnen entschuldigen. Ich war nicht sonderlich nett zu Ihnen bei unserem Treffen. Zumindest glaube ich das. Ehrlich gesagt weiß ich vieles nicht mehr. Ich konnte mich

kaum noch an Ihre Mutter erinnern. All die Jahre hindurch. Sie war fort und Sie, Sarah, waren der Titel eines Bildes neben dem Schreibtisch meines Mannes. Als ich in der Ausstellung Ihrer Mutter war, habe ich sie mit jedem ihrer Bilder wieder vor mir gesehen. Andrea, wie sie damals war, wild und frei und stolz. Sie hatte so viel von dem, was ich nicht hatte. Ihre Mutter war eine beneidenswerte Frau. Und sie war verletzlich. So wie Sie und auch wie ich. Als sie eines Abends vor unserer Tür stand und schrie, er werde das Kind nie wiedersehen, wenn er mich nicht verließe, da konnte ich sehen, wie verletzt sie war. Und plötzlich hatte *ich* alles, was *sie* wollte: Ein Haus, ein Kind, den Mann. Ihre Mutter stand da draußen im Regen und schrie Roland an, er werde nie ein freier Mann sein. Freiheit. Das war ihre Stärke. Eine Frau wie Ihre Mutter darf man nicht einsperren. Sie ist gegangen und hat jeden Kontakt unterbunden. Als Ihr Brief kam, habe ich ... ich muss Ihnen sagen, ich habe den Brief abgefangen, den er an Sie als Antwort schrieb. Ich bin schuld, dass Sie Ihren Vater nicht treffen werden. Es tut mir Leid, Sarah. Ihr Vater ist letzte Nacht verstorben."

Es ist, als habe jemand auf der einen Seite ein Fenster und auf der anderen Seite eine Tür geöffnet.

Als Mark nach Hause kommt, sitzt Sarah auf dem Boden, ein Glas Weißwein neben sich stehend. Er

zieht sie hoch, fragt, ob es ihr gutgehe und sie bejaht.
„Lass uns was kochen, ich habe eingekauft."
Es dauert eine Stunde, bis das Essen fertig ist, und die ganze Zeit reden sie miteinander. Sie stellen sich Fragen, zum Beispiel, ob Sarah sich bei Christin melden will, ob sie zur Beerdigung will, und sie geben sich Antworten, sie erzählen Dinge und schildern Gedanken. Sarah will nicht hinter einem Sarg laufen, in dem ein Mann liegt, den sie nicht kennt. Sie hat ihren Vater gefunden, ein Mann, der sie gemalt hatte, ohne sie zu kennen, der das Portrait all die Jahre neben seinem Schreibtisch hängen hatte. Das ist für Sarah das Bild, das sie von ihrem Vater behalten will. Ein lebendiges Bild, kein totes Leben in einem Sarg.
„Mark, wie geht es dir?"
Endlich diese Frage. Es ist ein Fließen zwischen ihnen entstanden. Sarah lacht, als Mark ihr von der Vermessung des Himmels mit dem Lineal erzählt. Sie sagt, es sei eine Einbildung, eine optische Täuschung, irgendetwas, das sich erklären ließe. Und dann stellt sie ihm die Frage, die er ihr gestellt hatte.
„Was würdest du gerne einmal tun? Einfach so?"
Mark muss nicht lange überlegen.
„Einen Fahrradladen eröffnen. Oben drüber, über dem Eingang, würde mein Name stehen. Marks Fahrradladen. Im Sommer, wenn es draußen warm ist, kann ich im Hinterhof arbeiten. Mein Laden hat nämlich einen Hinterhof, weißt du? Er ist mitten in

der Stadt. Viele Leute gehen an ihm vorbei. Neben dran ist ein Café, dort hole ich mir mittags etwas Süßes, und am Abend treffen wir uns dann nach der Arbeit in der Stadt. Ich schließe meinen Laden zu und wir gehen einen Wein trinken, unten an der Promenade."

„Und das würdest du einfach so tun?" Sarah ist über so viel Konkretes überrascht.

„Das würde ich einfach so tun. Weil es mir wichtig ist. Ich will wieder glücklich sein. Ich will ein Leben, das ich auch leben will. Ich muss nicht erfolgreich sein, ich brauche keine Karriere. Ich will einfach nur morgens aufstehen und Fahrräder reparieren. Ich will mit dir eine Tour machen, immer den Fluss entlang bis zum Meer. So weit ist das nicht. Früher waren wir mal spontan. Und neugierig. Was sind wir heute?"

Andrea wollte diese Tür nicht malen. Nun sitzt sie vor ihrem Bild und weiß nicht, wie es dazu gekommen ist. Man kann den Riss im Bild noch sehen. Den Riss hinter der Tür. Oder ist er davor? Sie kann es nicht anders sehen, da ist eine Tür auf dem Bild, dafür bedarf es keiner Interpretation, so deutlich ist sie zu sehen. Sie wählt Sarahs Nummer.

Mark repariert Sarahs Fahrrad, während sie ihm dabei zusieht. Als das Telefon klingelt, erkennt Sarah die Nummer und gibt es an Mark weiter.

„Hallo Andrea", sagt er.
„Hallo", antwortet Andrea.
Mark will seiner Frau ein wenig Zeit verschaffen.
„Wie geht es dir?", fragt er sie deshalb.
„Gut, danke. Ist Sarah da?"
Mark hält Sarah das Telefon hin, aber Sarah will es nicht nehmen.
„Bitte", sagt Mark leise.
Als Sarah das Telefon annimmt, klingt ihre Stimme kühl, aber das stört sie nicht.
„Was willst du?"
„Wir müssen reden", beginnt ihre Mutter, „es gibt da so ein kleines Restaurant-"
„Ich überlege es mir", sagt Sarah und legt auf.
Nach einer Weile setzt sich Mark neben sie auf die Treppe.
„Ich glaube, es ist für euch beide nicht gut, was ihr da tut", sagt er vorsichtig. „Was wollte sie?"
„Sollte wohl sowas wie eine Entschuldigung werden."
„Und? Hast du ihr überhaupt eine Chance gegeben?"
Sarah schaut Mark an. Sie überlegt.
„Was ist mit meinem Fahrrad?"
„Ich glaube, es wäre besser, wenn wir dir ein neues Rad kaufen würden."
Sie sitzen beisammen. Mark schaut sie von Zeit zu Zeit von der Seite an, aber er bedrängt sie nicht, sondern lässt sie in Ruhe nachdenken. Er ist einfach

nur da, hier auf der Treppe neben seiner Frau, und es ist richtig.

Die Kirschblüten fallen. Sarah kennt das Restaurant nicht, in dem sie sich mit ihrer Mutter treffen wird. Sie entdeckt es an einer Straßenecke in der Nähe eines Parks. Vor der Tür springt ein kleines Mädchen mit dem Springseil. Sarah geht hinein und setzt sich ans Fenster. Sie sieht Andrea erst kurz bevor diese durch die Tür kommt.

„Hallo."

„Hallo."

Sie sehen sich so kurz wie möglich in die Augen. Beide richten ihre Kleider länger als nötig, Sarah ordnet das Tuch neu, das sie um den Hals geschlungen hat, Andrea rollt die Ärmel erst ein wenig auf und dann wieder ab. Sie bekommen eine Karte gebracht, ihre Blicke tackern sich daran fest.

„Wie sind die Nudeln hier?", fragt Sarah.

„Keine Ahnung, ich war hier noch nie."

Der Mann, der ihnen die Karte gebracht hat, kommt zurück und fragt freundlich, was es zu essen sein darf.

„Ente süß-sauer", antworten beide.

Der Mann geht. Andrea reibt die Hände aneinander.

„Ist schön warm geworden", sagt sie und bemerkt dann, dass ihre Bewegung nicht zu dem Gesagten passt.

„Ja, stimmt. Wie war Kuba?"

„Toll, toll, wirklich sehr schön."
Sie sehen hinaus auf die Straße.
„Ich habe auch Fotos gemacht."
„Schön."
Andrea sucht nach etwas Lustigem, dass das Eis brechen könnte. Oder soll es etwas Ernstes sein? Sie denkt, auch Sarah sucht nach einem Anfang.
„Wie war der Flug?"
„Auch gut, nette Nachbarin neben mir."
„Fensterplatz?"
„Ja, Gott sei Dank."
Sie hören und sehen sich die Dinge ihrer Umgebung an. Das Kind, das auf der Straße seilspringt, ein Telefon, das irgendwo hinten im Restaurant klingelt, und den Mann, der ihnen die Karten gebracht hat, wie er einen Namen ruft. Dann kommt eine junge Asiatin mit ihren Tellern und stellt sie auf den Tisch. Und jetzt, da es eine Bewegung um sie herum gibt, kann Andrea etwas sagen, das mit Inhalt gefüllt ist.
„Ich habe mein Bild fertig gemalt."
„Das freut mich."
Die Bedienung wünscht ihnen einen guten Appetit, sie hat diesen typischen Akzent einer Asiatin. Andrea fragt nach Wasser. Die Bedienung stoppt in ihrer Bewegung für einen kurzen Moment, als müsste sie darüber nachdenken, was gerade gesagt wurde, als müsste sie etwas übersetzen. Das Kind kommt hereingesprungen und sieht die Bedienung an.

„Wasser“, sagt sie, „ja, stille Wasser oder ... andere Wasser?“
„Stilles bitte“, antwortet Sarah. Sie sieht ihr nach, wie sie in der Küche verschwindet. An der Theke gibt der Mann, der ihnen die Karten gebracht hat, einem Gast sein Essen zum Mitnehmen. Sarah will das alles hinter sich bringen und zwingt sich mit ihrer Aufmerksamkeit an den Tisch zurück.
„Also, worum geht es?“, fragt sie.
„Guten Appetit. Ich hatte einfach Lust, mit dir zu Mittag zu essen. Mehr nicht.“
„Das ist neu.“
Sarah sieht, wie der Satz Andrea trifft, weil sie gekränkt und irritiert den Blick senkt.
„Oh, tut mir Leid. Ich wollte nicht unhöflich sein.“
„Nun ja, wie du siehst, gibt es sogar bei mir noch Entwicklungsmöglichkeiten.“
Sie essen eine Weile, ohne miteinander zu sprechen. Wieder suchen sie beide nach einem Anfang. Einem, der es leichter machen würde, aber sie finden nichts.
„Warum bist du mir gefolgt?“ Sarah springt mitten hinein in das, worein sie keinen Anfang gefunden hat.
„Ich weiß nicht ... Ich wollte mich entschuldigen.“
„Du wolltest dich entschuldigen? Bei wem? Bei mir? Bei ihm?“
Andrea antwortet nicht, weil sie die Antwort nicht kennt.
„Er ist tot, weißt du?“, sagt Sarah dann und ist um

Haltung bemüht.
Die Härte, mit der Andrea ihre Bewegung mit Gabel und Messer stoppt, ist beinahe schmerzhaft.
„Krebs?“, fragt sie knapp.
„Warum? Ist doch egal, oder?“
„Nein, mir ist es nicht egal.“ Andreas Hände schweben immer noch innehaltend über ihrem Teller.
Sarah guckt ihre Mutter verständnislos an.
„Was ist los mit dir? Du interessierst dich doch sonst nicht für andere Menschen.“
„Schon gut. Alles wird gut.“
„Ist alles in Ordnung mit dir, Mama? So kenne ich dich gar nicht.“

Mark surft im Internet nach einem neuen Rad für Sarah. Es ist später Nachmittag, er hat sich frei genommen und Sarah trifft sich mit ihrer Mutter. Er klickt sich von Seite zu Seite, und plötzlich findet er seine Vision. Er wählt eine Telefonnummer, ein Mann nimmt ab, und Mark unterhält sich mit ihm. Er erzählt von seinem Traum, seinen Job aufzugeben, von seiner Leidenschaft für Fahrräder, von seinen Plänen, Dinge zu ändern. Der Mann am Telefon sagt ihm, er solle vorbeikommen. Und das tut Mark.

Christin sitzt in ihrem Schlafzimmer und steckt sich die Haare hoch. Sie trägt ein schwarzes, schlichtes Kleid und betrachtet sich im Spiegel. Natürlich sieht sie traurig aus, aber doch nicht so traurig, wie sie befürchtet hatte. Über dem Spiegel sieht sie die vie-

len Bilder an der Wand hängen. Da ist noch so viel in diesem Leben, denkt sie. Sonnenlicht kämpft sich durch die schweren Vorhänge. Dieser Kampf muss nicht sein, denkt Christin und zieht die Vorhänge weit auf. Vor dem Fenster fallen die Kirschblüten. Das Bett ist nicht gemacht, es ist voller Kissen. Sie ordnet die Decke und zieht eine Tagesdecke darüber. Eine einzelne Tablette liegt noch auf dem Nachttisch, die sie aufsammelt und in eine Medikamentendose steckt. In der Schublade des Nachttisches liegen noch viele Medikamentendosen. Sie wird hier in den nächsten Tagen ein wenig aufräumen, aber das hat noch Zeit. In der Schublade liegen auch Sarahs Brief und ihr Foto. Christin nimmt es in die Hand und betrachtet es. Da ist noch so viel Leben, denkt sie nochmals. Und eines ist gegangen.
Ellen klopft an die Tür.
„Mama, es wird Zeit", sagt sie.
„Ja, ich komme gleich."
Ellen geht wieder und Christin setzt sich auf den Stuhl vor ihre Frisierkommode. Ruhig sieht sie ihr Gesicht im Spiegel an. Dann atmet sie tief durch und kontrolliert mit der Handbewegung, die sie so oft macht, ein letztes Mal ihre Frisur. Sie will eine Dame sein, auch heute. Ganz besonders heute. Unten in der Eingangshalle zieht sie sich einen leichten Mantel über. Es raschelt, als der Stoff über ihr schwarzes Kleid streift. Als sie vor das Haus tritt, sieht sie die akkurat geschnittenen Büsche im Eingangsbereich.

Bald kann sie die Olivenbäume wieder neben die Eingangstür stellen.
„Die Rosen werden schön", sagt sie zu Ellen, als sie die wildgewachsenen Ranken entdeckt.
„Ja", antwortet Ellen, „ich dachte, ich lasse sie einfach mal wachsen, es könnte doch schön sein, so etwas Wildes. Aber wenn du willst, lasse-"
„Sie werden schön sein", sagt Christin.
Auf der Straße stehen mehrere schwarze Autos. Ellen, ihr Mann und einige andere Menschen warten dort auf Christin. Helle Kirschblüten fallen auf schwarzen Autolack. Sie fallen auf Asphalt und auf die Wartenden. Anna schleift mit den Füßen durch die Blüten, die Füße nach außen gedreht, wie sie es im Ballettunterricht lernt. Sie sieht zu Christin hoch.
„Das bleibt nicht. Irgendwann sind die Blüten alle weg", sagt sie. „Gehen wir zu Fuß?"
Christin lächelt, Anna nimmt ihre Hand und sie gehen los. Ellen sieht ihren Mann an, der mit den Schultern zuckt. Sie gibt ihrer Mutter noch einen Regenschirm in die Hand, weil Wolken aufgezogen sind, dann steigen sie in einen der schwarzen Wagen und fahren zum Friedhof, vorbei an Christin und Anna, die Kirschblüten aufwirbelt.

Andrea und Sarah bezahlen und verlassen das Restaurant. Sie sehen beide in den Himmel, in dem ein paar dunkle Wolken hängen.
Nur ein paar Straßen weiter verabschiedet sich Mark

von dem Besitzer des Fahrradladens, zu dem er gleich nach dem Telefonat gefahren ist. Mark ist glücklich über das Gespräch, er will nun stundenweise in dem Laden aushelfen. Er sieht in den Himmel und ruft Sarah an, um ihr zu sagen, dass er ganz in ihrer Nähe ist. Als er an die Kreuzung kommt, an der Sarah und Andrea vor dem Restaurant stehen, winkt Sarah ihm über die Straße zu. Die ersten Regentropfen fallen.

„Da drüben ist Mark", sagt Sarah.

Andrea winkt auch über die Straße, eine zaghafte Geste.

„Ist wirklich alles in Ordnung mit dir, Mama?"

„Lass uns ein anderes Mal darüber reden."

Sie verabschieden sich voneinander, Andrea überquert die Kreuzung, Sarah die Straße, auf deren anderer Seite Mark auf sie wartet. Er sieht so glücklich aus, denkt sie. Und dann bricht der Regen aus dem Himmel und fällt auf die Stadt und die Menschen.

Andrea ist auf der anderen Seite der Kreuzung angekommen und schaut nach oben. Sie sieht die Sonnenstrahlen schräg durch die Wolken und den Regen fallen und überlegt.

Sarah wird von der Sonne geblendet, so dass Mark ihr mit einem Prospekt aus dem Fahrradladen die Augen abschirmt.

„Was ist das?" Sarah nimmt es ihm aus der Hand und betrachtet es, wobei es vom Regen ganz durchnässt wird.

„Ich werde dort arbeiten", antwortet Mark.
„Wirklich!"
Mark lacht.
„Wir werden hier patschnass", sagt er und versucht, seine Jacke über sie beide zu halten.
Christin und Anna kommen an der Kreuzung an. Christin hebt den Schirm und schaut in die Sonne. Sie sieht, wie ein Autofahrer die Sonnenblende herunterklappt. Die Welt ist plötzlich sehr hell, weil der Regen die Sonne spiegelt. Und dann hört der Regen einfach auf, und die Welt ist still, weil sie nicht damit gerechnet hatte, dass das Aufhören so plötzlich geschehen würde. Und in dieser Stille wird das Leben auf der Kreuzung durch ein Geräusch zerrissen. Wie ein lauter Schrei hört es sich an, und dann ein Aufprall. Jeder auf der Kreuzung kann es hören, jeder Körper zieht sich im Schreck zusammen, jeder dreht sich nach der Ursache um. Andrea, Mark und Sarah suchen sich und sind erleichtert zu sehen, dass der jeweils andere nicht vom Unfall betroffen ist. Anna sieht zu Christin hoch, dann zum Unfall, wohin auch Christin schaut. Jemand liegt auf der Straße. Andrea läuft zu Mark und Sarah.
„Ist mit euch alles in Ordnung?", fragt sie.
„Ja, und mit dir?"
Andrea zögert.
„Ist alles in Ordnung mit dir, Mama?"
Andrea sieht sie an.
„Nein", sagt sie dann, „ich bin nicht in Ordnung."

Andrea schaut ihre Tochter an und streicht ihr das regennasse Haar aus dem Gesicht. Mark legt eine Hand auf Andreas Schulter.
„Was ist, Andrea?“

Christin hebt den Regenschirm ein wenig hoch, um über die Kreuzung sehen zu können, an der sie und Anna angekommen sind. Sie sieht einfach geradeaus und ihr Blick fällt ohne Umschweife auf Sarah und ihre Mutter Andrea. Christin ist nicht erstaunt oder überrascht, die beiden zu sehen. Warum, das weiß sie nicht, aber sie nimmt es so hin. Sie sieht eine Familie, eine Familie, deren eines Teil sie nun beerdigen wird, auch wenn es nie wirklich dazugehört hat.
„Kennst du die?“, fragt Anna.
„Ja, ich kenne sie.“
„Warum weint die Frau?“
„Es gibt viele Gründe, um zu weinen, Anna.“
„Vielleicht ist sie krank und wird auch bald beerdigt?“
Christin sieht zu Anna herunter.
„Lass uns gehen“, sagt sie. „Wir haben noch viel Leben vor uns.“

Teil II
Blüten auf Asphalt

September

Somai erinnert sich an das Gefühl der Erde unter ihren Füßen. Barfuß war sie durch den Park gelaufen, um die schönsten Blüten einzusammeln und sie zwischen die Seiten eines Kinderbuches zu stecken. Wie viel Heimat konnte man in ein neues Land und ein neues Leben mitnehmen, und was würde sie vermissen? Eine Familie nicht, denn sie hat nur noch ferne Verwandte auf dem Land und einen Onkel, der vor vielen Jahren ausgewandert war.
Am nächsten Tag hatte sie aus dem Fenster des Transitbereichs das Flugzeug gesehen, das sie in das neue Land brachte. Sie und ihre Tochter Nila. Als sie selbst noch ein Kind war, hatte sie am Himmel Flugzeuge beobachtet und geträumt, sie würde eines Tages in eines einsteigen und fortfliegen. Sie ist kein Kind mehr, die Träume sind zu Geheimnissen geworden und Somai hat ein Schweigen darüber gelegt.
Jetzt wartet sie wieder an einem Flughafen auf ein Flugzeug, aber dieses Mal wird es sie nur in eine andere Stadt bringen und nicht in ein anderes, fernes Land. Ein Umzug von einer Fremde in eine andere. Vielleicht ist die neue Stadt gut für Nila, und vielleicht auch für sie selbst. Ihre Tochter ist ein stilles Kind. Mit leicht geöffnetem Mund schläft sie auf einem der Plastikstühle, die Füße hängen über den Rand des Sitzes hinaus, den Kopf hat sie an Somai

gelehnt. Somai muss die Kleine aufwecken. Sie stehen auf und nehmen ihr Handgepäck, einen kleinen Rucksack für Nila und Somais Tasche, in der das Kinderbuch mit den Blüten steckt. Zwei Koffer haben sie aufgegeben. Einen großen und einen kleinen Kinderkoffer für Nila, in dem sie ihre Buntstifte und einige Kleider hat. Der Stofflöwe reist nicht im Koffer mit, sondern in Nilas Armen, weil sie will, dass er die Reise sehen kann. Somai sieht Menschen, die anderen zum Abschied winken. Sie versucht sich vorzustellen, jemand würde ihr nachsehen und winken, würde vielleicht lächeln oder traurig sein. Aber niemand ist hier, um sie zu verabschieden. Als sie vor vier Monaten aus Thailand abgereist war, hatten dort zwei Freunde gestanden und sie verabschiedet. Die Heimat fühlt sich sehr weit weg an.

Nila zieht an ihrer Hand.

„Ist das für uns?", fragt sie und zeigt auf das Flugzeug. Sie ist aufgeregt, weil sie wieder fliegen darf und macht sich keine Gedanken, was kommen wird. Während des Fluges ist sie fasziniert von allem. Sie sieht sich einen Zeichentrickfilm an, wird dann aber von den Wolken unter dem Flugzeug abgelenkt.

„Sind die von unten auch rosa?"

Somai schaut mit ihr das Bilderbuch an, das sie beide auswendig können. Irgendwann hat sie angefangen, eine ganz neue Geschichte zu den Bildern zu erzählen, weil Nila wissen wollte, ob der Baum einen Namen hat und dann nicht mehr aufhörte, Fra-

gen zu stellen. Im Laufe der letzten Jahre kaufte sie viele andere Bücher, aber Nila will lieber die erfundenen Geschichten ihrer Mutter hören. Beim Umblättern rutscht eine der eingelegten Blüten herunter, Nila nimmt sie und hält sie gegen das Fenster des Flugzeuges, so dass das Licht hindurch scheint, weil sie inzwischen ganz dünn gepresst und fragil sind.
Die neue Stadt taucht unter dem Bauch des Flugzeuges auf. Somai sieht viel Grün, auch Rot und Braun. In Thailand sind sie über eine Brücke in das Flugzeug gekommen, nun fahren sie mit dem Bus über das Vorfeld.
„Haben die hier keine Brücken?" Nila hält eine Orchideenblüte an das Busfenster. Ein Fleck Heimat auf dem Asphaltgrau der neuen Stadt.
„Von oben ist das Land ganz bunt geworden, Mama, ich habe es gesehen."
„Vom Boden aus ist es doch auch bunter geworden", antwortet Somai.

Langsam leert sich die Flughafenhalle, in der Somai und Nila warten. Immer wieder dreht sie sich um, um die Halle abzusuchen, aber niemand kommt, um sie abzuholen. Als die Nacht beginnt, öffnet Somai den Koffer und holt zwei Pullover für sich und Nila heraus und legt einen dritten Pullover und einen Schal auf einen der Plastiksitze, auf dem Nila sich wie eine Katze zusammenrollt und einschläft. Im Waschraum wäscht sich Somai das Gesicht, und als sie sich im Spiegel ansieht, sieht sie eine unendliche Müdigkeit, die sich tief in ihre Gesichtszüge eingegraben hat. Sie würde gerne aufwachen aus all dem hier, aber sie kann nicht. Das hier ist die Realität. Zurück in der Flughafenhalle setzt sich Somai auf einen der Stühle neben Nila und beobachtet die Menschen in diesem Land, das ihr fremd ist. Niemand hier wartet so wie sie, weil alle hier wissen, was passieren wird. Somai weiß nur, sie wird zu ihrem Onkel kommen und in seinem Restaurant arbeiten. Auf ihrem Flugticket liest sie immer wieder den Namen der Stadt. Früher wäre sie so gerne einmal in ein anderes Land gereist, aber früher war alles anders.

Sie warten weitere zwei Stunden. Zwei Stunden, in denen sich andere Menschen wiedersehen, glücklich sind, telefonieren oder sich mit ihren Begleitern unterhalten. Geschäftskollegen, Ehemänner und Ehefrauen, und da ist ein älterer Mann mit einer Blondine, die ganz bestimmt nicht seine Tochter ist. Zwei Geschäftsmänner sitzen nebeneinander an einem Tresen, einer von ihnen zieht sich das Hemd aus der Hose und macht die Krawatte auf, als wäre er gerade Zuhause angekommen. Eine Frau sitzt unweit von ihr auf einem der Plastiksitze, sie schläft mit dem Kopf in den Nacken gelegt und mit leicht geöffnetem Mund. Andere Menschen sind in Eile und wollen schnell nach Hause. Ein Mann schläft auf einer Sitzreihe ausgestreckt, ein Angestellter des

Flughafens putzt den Boden um ihn herum. Leise stellt er ein Schild auf, damit der Schläfer nicht auf der nassen Sauberkeit des Bodens ausrutscht, wenn er aufwacht. Somai findet das rücksichtsvoll von ihm und überlegt, ob er selbst vielleicht auch ein Gestrandeter ist, der nun seine Nächte mit dem Putzen des Flughafenbodens verbringt, obwohl er doch ein ganz anderes Ziel hatte. Sie beobachtet eine junge Frau, die in einer Imbissbude steht. Es ist keine Kundschaft da, sie knabbert an ihren Fingernägeln und schaut hin und wieder auf einen Bildschirm in ihrer Nähe, auf dem Nachrichten laufen. Somai ist sich sicher, sie hat ihr Handy hinter den Auslagen versteckt, vielleicht auch eine Zeitschrift oder sogar ein Buch, denn immer wieder schaut sie nach unten.
Somai schreckt auf, als plötzlich ihr Onkel Mahi vor ihr steht. Sein Gesicht hat sich in seinem Leben selten zu einem Lächeln verformt. Somai kennt ihn von seinen wenigen Besuchen in Thailand und denkt, sein Gesicht würde vielleicht seltsam aussehen, wenn er einmal lächelte. Es würde dann aussehen wie etwas, das defekt ist, irgendwie steckengeblieben in einer Bewegung, weil sie falsch war oder sich ein paar Zahnräder verhakt haben.
Somai steht auf und weckt Nila, die den Mann schüchtern und verschlafen ansieht.
„Wer ist das?“
„Sag Hallo zu Onkel Mahi.“
Somai legt ihre Hände zum Gruß aneinander und

die Kleine tut es ihr gleich, doch Mahi dreht sich einfach um und geht.
„Mag er uns nicht?", fragt Nila.
„Er kennt uns nicht", antwortet Somai, nimmt ihre Sachen und läuft mit Nila hinter Mahi zum Ausgang.

Während der Fahrt durch die nächtliche Stadt schaut Nila verstohlen aus dem Fenster. Sie will keine großen Bewegungen machen, Onkel Mahi schüchtert sie ein mit seinem ausdruckslosen Gesicht, und auch das ihrer Mutter ist leer. Sie kommen an einer Kreuzung an, an der sich fünf Straßen treffen.
„Mama, da ist ein Park", flüstert Nila und zeigt mit dem Finger aus dem Fenster.
Mahi fährt auf ein Restaurant zu, das an einer Ecke der Kreuzung steht und biegt in einen Hinterhof ein. Er steigt aus, öffnet den Kofferraum und dann eine Tür des Hauses. Dort wartet er, bis Somai das Gepäck aus dem Kofferraum gezogen hat, und als sie damit bei ihm ankommt, zeigt Mahi auf eine steile Treppe zu ihrer Rechten.
„Ganz nach oben. Morgen um acht Uhr in der Küche", sagt er knapp.
Dann geht er durch eine offene Tür geradeaus in die Küche des Restaurants und schließt sie hinter sich, so dass es im Vorraum, in dem Nila und Somai stehen, dunkel wird. Somai tastet die Wand nach einem Lichtschalter ab und findet ihn. Der Koffer ist zu

schwer, um ihn hinauf zu tragen, also packt sie so viele Teile aus, wie sie tragen kann und geht vorsichtig die alte Holztreppe hoch. Oben angelangt, steht sie vor einer Tür. Nila versteckt sich hinter ihr. Somai klopft leise, aber nichts regt sich, so dass sie langsam die Klinke herunterdrückt und die Tür aufschiebt. Sie treten in eine kleine Wohnung ein, deren Eingangsbereich vom Licht im Treppenhaus beleuchtet wird. Unten aus der Küche hört Somai ein Geräusch, und schnell legt sie die Sachen ab. Sie will wieder runter laufen, aber Nila hält sich an ihr fest.
„Bleib hier", sagt Somai leise, lässt es dann aber doch zu, dass die Kleine ihr ein Stück die Treppe herunter folgt. Somai läuft zweimal die Treppe wieder nach oben, erst dann ist der Koffer leicht genug, um ihn leise die zwei Etagen hochzutragen. Sie macht das Licht im Treppenhaus aus, schließt die Tür hinter sich und sucht nach einem Lichtschalter. Als sie das Licht anmacht, sieht sie eine winzige Wohnung vor sich. Die Fenster sind klein, eine Badewanne steht in der Küche, daneben ein Schlafsofa, auf dem Bettwäsche liegt. Immerhin Bettwäsche. Neben der Küche gibt es ein Zimmer, in dem eine Matratze auf Holzpaletten liegt. Somai nimmt Nila den kleinen Rucksack ab, den sie die ganze Zeit getragen hat und in dem jetzt ihr Bilderbuch steckt. Nila greift erst nach der Hand ihrer Mutter und umarmt dann ihr Bein, weil sie etwas braucht, an dem sie sich festhalten kann. In dieser winzigen Woh-

nung kommt Somai sich vor, als wäre sie in der Welt verlorengegangen. Mitten in der Nacht stehen sie in einer fremden Umgebung, sind müde und wissen nicht, was sie tun sollen.
„So kann man an dem Tisch nicht sitzen“, stellt Nila fest, weil der Tisch in einer Ecke unter der Dachschräge steht.
„Das müssen wir ändern“, antwortet Somai, nimmt den kleinen Tisch und stellt ihn in die Mitte des Raumes. Es gibt nur einen Stuhl, aber weil die Küche so klein ist, kann man auch auf dem Sofa am Tisch sitzen. Nila setzt ihren Stofflöwen auf den Rand der Badewanne, wo er sitzen bleibt, weil sie die Vorderpfoten des Tieres auf den Tisch legt.
„Siehst du“, sagt Somai, „wir haben sogar Platz für einen Gast.“
„Aber wir kennen hier niemanden, Mama.“
„Das wird sich irgendwann ändern.“
Nila sieht zu Somai auf.
„Kann ich hier Freunde haben?“
„Ja, hier kannst du Freunde haben.“
„Darf ich schlafen, Mama?“
Somai bezieht das Bett und setzt das Stofftier für Nila oben drauf, die sofort einschläft, nachdem sie sich hingelegt hat. Somai geht zurück in die Küche, schiebt den Tisch zur Seite, zieht das Schlafsofa aus und bezieht die Decke und das Kissen. Danach packt sie die Kleider in den Schrank, der neben Nilas Bett steht. Das alles tut sie unendlich leise, obwohl Nila

tief schläft. Sie ist leise, weil sie nicht auffallen will in dieser Welt.

Somai stellt fest, dass die Menschen in diesem Land leiser sind. Sie sitzt mit Nila und einer Übersetzerin auf dem Gang einer Behörde. Wieder diese Sitzreihen aus Plastik, dieses Mal aber in Schwarz, nicht in Blau wie am Flughafen, aber auch hier wartet Somai. Dann sitzt sie vor einem Schreibtisch, hinter dem eine Frau Formulare ausdruckt und sie kaum ansieht, sondern nur mit der Übersetzerin spricht. Sie kennt die Situation, weil sie vor vier Monaten schon so viel Zeit in Behörden verbracht hat. Es ist nicht leicht, als Thai nach Deutschland zu kommen, aber eine Hochzeit hatte es möglich gemacht. Jetzt unterschreibt sie wieder Formulare, damit sie in diesem Land bleiben darf. Ein Land, das sie bisher nicht kennengelernt hat, wofür es Gründe gibt. In einer Ecke des Büros stehen Zimmerpflanzen, die so groß wie Somai sind, und auf einem Kalender an der Wand entdeckt sie Kinder. Es müssen die Kinder der Frau sein, Somai erkennt es an den roten Haaren. Sie haben einen Hund. Die Übersetzerin begleitet Somai nach draußen, wünscht ihr alles Gute und geht. Somai geht an die Bushaltestelle, an der Mahi sie abgesetzt hat. Sie warten, Nila sammelt Blätter, die von den Bäumen fallen und entdeckt dann einen Baum, der runde, harte Früchte abwirft. Sie sammelt sie auf und ist begeistert. Nach über einer Stunde kommt

Mahi mit dem Auto vorbei, missbilligend sieht er auf die bunten Blätter in Nilas Hand, als sie einsteigen will, und so lässt sie sie fallen, versteckt aber eine Kastanie in ihrer Jackentasche. Mahi fährt die beiden zurück zum Restaurant, wo Somai Nila die Treppe hochschickt. Sie selbst folgt ihrem Onkel in die Küche, nimmt eine Schürze entgegen, die Mahi ihr hinhält und bleibt allein zurück, als Mahi in ein Büro neben der Küche geht und die Tür schließt. Irritiert schaut sie sich um und wirft einen Blick in das Restaurant, bleibt aber in der Küche. Nach einer Weile setzt sie sich an einen kleinen Tisch, der vor einem Fenster steht und wartet.
„Da bist du ja", sagt eine Stimme hinter ihr. Eine Thai steht in der Tür und sieht sie an.
„Na dann, herzlich Willkommen." Die Frau zieht sich die Jacke aus, hängt sie an die Garderobe im Restaurant und bindet sich eine Schürze um.
„Ich hoffe, du bist gut angekommen?" Die Frau legt ein Brett, ein paar leere Behälter, ein Messer und verschiedene Gemüsesorten auf eine Arbeitsfläche.
„Ich bin Chau."
„Mein Name ist Somai."
„Na dann fang mal an, Somai."

Nila ist langweilig so alleine in der Wohnung unter dem Dach. Sie hat die Kastanie hervorgeholt und sie mit ihrem Kleid poliert, so dass sie jetzt schön glänzt. Sie will weitere Kastanien holen, und es ist schade, dass sie die bunten Blätter nicht mitgenommen hat, aber Mahi hat so böse darauf geschaut, dass sie sich nicht getraut hat. Eines der Dachfenster ist offen, weil ihre Mutter heute Morgen die Wohnung gelüftet hat, und so stellt sie sich auf den Rand der Badewanne und kann gerade so über den Rand des Fensters schauen. Sie hört Kinder unten auf der Straße, kann sie aber nicht sehen. Sie sieht nur ein paar Bäume, ein paar Fenster und den Himmel. Sie klettert von der Badewanne herunter, öffnet leise die Tür und schleicht die Treppe hinunter. Unten angekommen sieht sie ihre Mutter in der Küche stehen. Nila setzt sich auf die Treppe und erzählt ihrem Löwen eine Geschichte und singt ihm ein Lied vor. Somai hört es. Sie dreht sich zu Nila um und legt den Finger auf die Lippen. Nila singt dem Löwen das Lied ganz leise ins Ohr, und fast kann sie ihre eigene Stimme nicht hören, weil es in der Küche so laut ist. Das Hämmern der Messer auf den Holzbrettern, das heiße Öl, das aufspritzt, wenn Gemüse und Fleisch hineingeworfen werden. Und alle reden deshalb laut, rufen sich oft Nummern zu und ein Telefon läutet oft. Wenn es abgenommen wird, kann Nila die neue Sprache hören, und sie kann Mahi sehen, der vom Restaurant aus in die Küche kommt. Sie geht schnell ein paar Stufen hoch, damit er sie nicht sieht. Sie mag laute Männer nicht. Sie hört ihm zu, wie er Anweisungen gibt. Dann schaut sie vorsichtig um die Ecke in die Küche und bemerkt, dass sein Gesicht dem des Löwen gleicht, wenn man ihn umdreht, weil die Mundwinkel des Löwen nach oben gehen. Mahis Mund geht nach unten, aber er sieht nicht traurig aus, sondern böse. Vielleicht will Mahi lieber böse als traurig aussehen? Nila sieht dem Stofflöwen ins Gesicht. Er lächelt.

Hin und wieder versucht Somai, einen Blick auf ihre Tochter zu werfen, zufällig, wenn sie das geschnittene Gemüse wegbringt oder neue Zutaten aus der Vorratskammer holt. Sie fühlt sich einsam, aber doch nicht mehr so abgeschnitten von der Welt, weil hier vieles wie in Thailand ist, auch die Sprache.

So vergehen die nächsten Tage. Mahi ist ein herrischer Mann, der auch schreit, wenn es gar nicht so laut ist. Als er an Somai vorbei kommt, schaut er zu, wie sie das Gemüse schneidet. Er hat wieder diesen einen Gesichtsausdruck, aber Somai weiß, er hat auch einen zweiten. Den setzt er sich auf, wenn er durch die Tür ins Restaurant geht. Wie einen Hut setzt er ihn sich auf und danach wieder ab, wenn er in die Küche zurückkommt.

„Du bist zu langsam", sagt er. „Du musst schneller werden." Mahi geht ohne einen weiteren Kommentar.

Somai schneidet weiter das Gemüse. Sie weiß, sie ist nicht so schnell wie die anderen. Sie kann es an dem Geratter der Messer auf den Brettern hören. Chau schaut von der anderen Seite des Küchenblocks zu

ihr herüber.
„Mach dir nichts draus. Der Typ ist ein Idiot. Seit wann bist du hier?“, fragt sie.
„Seit einem Tag.“
„Von woher kommst du?“ Die Köchin muss gar nicht auf das Gemüse schauen, um es zu schneiden.
„Aus dem Nordosten von Thailand. Vor vier Monaten.“
„Wirklich?“
„Ja.“
„Und dann landest du nach so kurzer Zeit hier in unserem Küchenparadies?“ Chau lacht.
„Ja.“
„Und du hast noch nie in deinem Leben Gemüse geschnitten, oder?“
Somai wiegt den Kopf ein wenig hin und her.
„Nicht wirklich.“
Chau lacht wieder, aber es ist kein böses Lachen.
Mahi ruft ihren Namen, und er klingt dabei wie ein bellender Hund, einer von diesen großen, die hier anscheinend sehr beliebt sind. Chau packt Essen in eine Tüte und gibt sie Mahi, dann wirft sie Gemüse in einen der Woks, so dass es lauter wird in der Küche. Somai sieht sich um, sieht, dass gerade niemand zu ihr schaut und geht ein paar Schritte zur Hintertür. Nila sitzt auf der Treppe, eine Stufe über ihr liegt ein Blatt Papier und ein Kugelschreiber. Sie malt einen Baum und Vögel. Schnell geht Somai zu ihrem Platz in der Küche zurück.

„Was kannst du denn?" Chau kommt zu ihr und wischt sich die Hände an der Schürze ab.
„Ich?"
Chau sieht sie an und zieht ihre Augenbrauen hoch.
„Nein, ich rede mit der Winkekatze da hinter dir!"
Somai dreht sich um und sieht eine Winkekatze, die unablässig ihren Arm bewegt. Sie ist aus billigem Plastik und klappert bei jedem Winken vor sich hin, was Somai aber erst jetzt bemerkt.
„Also? Was kannst du? Hast du was gelernt?"
„Masseurin", antwortet Somai.
„Und? Willst du hier als Masseurin arbeiten?" Wieder beginnt Chau, Gemüse klein zu rattern.
Somai kennt das Geräusch aus den Hotels, in denen sie in Thailand gearbeitet hat. Wenn sie durch die Gänge des Hotels gelaufen war, dort, wo nur das Personal lief, war es immer, als würden verschiedene Welten nebeneinander existieren. Die laute Welt der Küche, ihre ruhige Welt in den Massageräumen, die Welt vor dem Empfang und die in den Gängen hinter den Wänden.
„Und?", hakt Chau nach.
„Würde das denn gehen?" Somai verspürt Hoffnung.
„Ob das geht? Keine Ahnung. Wie bist du denn überhaupt hierher gekommen? Hast du geheiratet?"
„Ja", antwortet Somai und bereitet sich auf ihre Geschichte vor.
„Und wo ist der gute Mann?"

Somai antwortet nicht.
„Einer von hier?"
„Ja."
„Und jetzt arbeitest du bei dem Idioten hier?" Chau lacht.
„Ja."
„Kannst du eigentlich auch in ganzen Sätzen reden?" Chau wischt sich die Hände an der Schürze ab.
Somai reagiert nicht, sondern schneidet still ihr Gemüse weiter in kleine, längliche Stücke, so dass man sie gut mit den Stäbchen nehmen kann. Chau zieht die Mülltüte aus einem Eimer und geht kopfschüttelnd durch die Hintertür in den Hof. Dabei läuft sie an Nila vorbei, und die Kleine sagt ihr Guten Tag.
„Auch Guten Tag", erwidert Chau den Gruß.
Somai geht es nicht gut, weil da eine Idee in ihr war. Die Idee, ihr Leben in Thailand vielleicht hier weiterleben zu können. Nur mit dem entscheidenden Unterschied, dass es hier einen Toten gibt. Die Idee, die Hoffnung, vielleicht in einem Hotel oder in einem Massagesalon arbeiten zu können, so wie sie es in Thailand getan hatte. Sie reißt sich zusammen, versucht, schneller mit dem Messer zu arbeiten, aber es gelingt ihr nicht. Sie versucht, härter mit dem Messer auf dem Brett aufzukommen und dadurch mehr Schwung zu bekommen, aber ihre Hände sind für diese eintönige Bewegung nicht geeignet. Ihre Hände sind es gewohnt, sich langsam zu bewegen, in die

Tiefe zu gehen oder sanft über ölfeuchte Haut zu streichen. Ihre Welt ist eine ruhige gewesen, jetzt ist sie einfach nur laut und schnell.
So vergehen viele Stunden bis zum späten Abend. Irgendwann schickt sie Nila die Treppe hoch in die Wohnung, um ihre Zahnbürste, den Pyjama und ein Handtuch herunterzubringen. Gegenüber der Treppe, gleich neben der Tür zum Hof, gibt es ein Badezimmer, an dessen Waschbecken sich Nila die Zähne putzt und sich für das Bett fertig macht, weil es oben in der Wohnung nur die Badewanne gibt und ein Spülbecken in der Küche, an das Nila nicht herankommt. Der Löwe sieht ihr dabei zu. Nila klemmt ihn sich unter den Arm und geht mit ihm und der Zahnbürste die Treppen hinauf in die kleine Wohnung, in der es jetzt am Abend kühler geworden ist. Ihr hat der Platz unten auf den Treppenstufen gefallen, weil sie von dort aus ihre Mutter sehen kann und auch in den Hof. Ob sie wohl morgen in den Hof darf? Oder sogar hinaus auf die Straße zu den anderen Kindern? Sie legt den Löwen auf das Bild mit dem Baum, den sie gemalt hat. Die Tür ist noch einen Spalt weit offen und so kann Nila die Geräusche aus der Küche hören und fühlt sich weniger allein.

In den nächsten Tagen ändert sich nichts an diesem Tagesablauf. Die Küche des Restaurants hat bis 22.30 Uhr geöffnet. Dann fangen Chau und Somai an, die

Woks, Bretter und Messer zu spülen. Somai fegt den Boden und bringt den Müll hinaus in den Hinterhof zu den großen Mülltonnen, die nahe an der Straße stehen. Sie schaut durch das Tor hinaus auf die Straße, auf dieses neue Land, dessen Sprache sie nicht versteht. An den Mülltonnen bleibt sie stehen, will nur kurz dort verweilen, ein wenig durchatmen, zur Ruhe kommen. Sie sieht in Richtung der Küche, weil sie nicht will, dass Mahi sie entdeckt, dann geht sie an das Tor des Hofes und blickt über die Kreuzung, über die zwei Autos fahren, kurz bevor die Ampel auf Rot schaltet. Wie ein Hund an einer Kette, der nicht weiter kann, genau so kommt Somai sich vor.
„Hey, Masseurin!" Chau steht vor der Tür und Somai geht über den Hof zurück. Chau setzt sich auf einen der drei Klappstühle, die vor der Tür stehen und hält ihr eine Tasse Tee vor die Nase, die sie aber zurückzieht.
„Hol dir lieber erst was zum Überziehen, es ist kühl geworden", sagt sie.
Somai geht leise in die Wohnung und zieht sich etwas Wärmeres an.
„Mal sehen, was heute übrig geblieben ist", sagt Chau, als Somai zurückkommt.
Jeden Abend, während sie und Chau die Küche aufräumen, kochen die beiden Köche für alle noch ein Abendessen zusammen, das sie dann gemeinsam in der Küche essen. Das ist ein Ritual, das Somai das Gefühl gibt, nicht ganz aus der Welt gefallen zu sein.

„Du solltest mehr essen, Somai."
Somai setzt sich neben Chau auf einen Stuhl.
„Ich war schon als Kind so."
„Deine Nila ist auch nur so eine halbe Portion. Liegt bei euch wohl in der Familie."
Somai antwortet nicht, sie trinkt still ihren Tee.
„Erzähl doch mal was von dir. Woher kommst du?"
„Aus einem kleinen Dorf im Nordosten", antwortet Somai.
„Und du hast einen von hier geheiratet."
„Ja. Er war regelmäßig für seine Firma in Thailand und hat immer in dem Hotel gewohnt, in dem ich gearbeitet habe."
„Und wo ist der gute Mann jetzt? Warum wohnst du nicht bei ihm?"
„Tot", antwortet Somai. Sie bemerkt, dass Chau sie von der Seite ansieht.
„Ist er der Vater von Nila?"
Somai schüttelt den Kopf.
„Und wie kommst du dazu, Gemüse zu schneiden bei Mahi, dem Idioten?"
Somai bläst in ihren Tee, obwohl er schon abgekühlt ist.
„Er ist mein Onkel", antwortet sie dann.
„Was?"
Somai trinkt Tee, während die Köchin sie ansieht.
„Der Idiot ist mein Onkel", sagt sie ernst, sieht Chau von der Seite an und lächelt dann. „Tut mir leid, aber so ist es."

Chau lacht.
„Das hättest du mir auch vorhin sagen können."
„Ging nicht. Ich wusste nicht, wie ich das erklären sollte, ohne einen ganzen Satz sprechen zu müssen."
Die beiden Frauen kichern vor sich hin, umgeben von einer Nacht im Herbst in diesem Hinterhof. Dann blicken sie eine Weile in den Hinterhof, der von einer Straßenlaterne und dem Licht, das aus der Küche fällt, beleuchtet wird.
„Mahi hat nie von einer Familie gesprochen."
Somai hört, wie die Köche in der Küche etwas in einen Wok werfen.
„Es gibt auch keine mehr."
Chau will nicht weiter fragen.
„Lass uns reingehen", sagt sie. „Das Essen ist gleich fertig."
Als sie an der Treppe nach oben vorbeilaufen, entdeckt Chau ein Bild, das Nila dort liegen gelassen hat. Nila hat ihren Namen unter die Sonne geschrieben. Chau hebt es auf.
„Nila", liest sie laut vor.
„Sie wird es einmal gut haben", sagt Somai, nimmt das Bild, faltet es zusammen und geht mit Chau in die Küche.
Als sie fertig gegessen haben, steht Chau auf und nimmt Somais Teller.
„Schon gut, bleib sitzen", sagt sie zu Somai und kommt dann mit zwei Flaschen Bier zurück. Sie sieht Somai an.

„Also. Du hast ein Kind, hast keine Familie mehr außer Mahi und hast hierher geheiratet, einen Mann, der jetzt tot ist."
„Ich war kein Barmädchen", sagt Somai bestimmt.
„Das habe ich dir auch nicht unterstellt." Chau öffnet die Bierflaschen.
Somai will es klarstellen, weil es ihr wichtig ist, so gesehen zu werden, wie sie ist.
„Es ging nicht um Geld, weil ich keine Eltern habe, die ich unterstützen muss. Ich bin in die Stadt gezogen, um meine Ausbildung zu machen. Dann habe ich in einem Hotel gearbeitet und für Nila und mich Geld verdient. Dort kam eines Tages mein Mann als Gast herein. Ich habe mich verliebt. Er ist dreimal im Jahr wegen seiner Arbeit nach Thailand gekommen. Er ist kein Mann, der in Bangkok oder sonst wo zu den Barmädchen gegangen ist."
Chau sieht Somai an und trinkt dann von ihrem Bier.
„Weißt du", sagt sie dann, und ihre Stimme ist sanft, „dafür, dass du dich in den Mann verliebt hast, scheinst du nicht sonderlich traurig über seinen Tod zu sein."
Somai nimmt diesen Satz als eine Geste an, die ihr sagen will, sie ist nicht alleine mit all dem, was geschehen ist. Es ist nicht nötig, dass Somai etwas darauf erwidert. Stattdessen hebt sie den Kopf ein wenig und atmet tief durch, atmet eine Luft ein, die nun leichter zu sein scheint, als in all den Wochen

und Monaten zuvor.
„In ein paar Monaten wird der Hof voller Kirschblüten sein“, sagt Chau. „Dann müssen wir ihn fegen. Mahi mag die Blüten nicht.“
„Sind Kirschblüten schön?“, fragt Somai.
„Ja“, sagt Chau, „ich mag sie gerne.“

Oktober

Somai hat sich an die Lautstärke in der Küche gewöhnt. Durch sie hat sie das Gefühl, zu verschwinden, in den Geräuschen unterzugehen wie in einem See aus klarem Wasser, das sie umschließt. Es ist wie eine kleine, heimliche Welt, in die ein Teil von ihr abtaucht, ohne dass es von den anderen Menschen um sie herum bemerkt wird. Ihr Tag besteht darin, sich am Vormittag um Nila zu kümmern und ab dem Mittag in der Küche zu stehen. Vor einigen Tagen ist sie mit Nila durch ein paar Straßen in der Nachbarschaft gelaufen. Diese Stadt gefällt ihr, sie würde gerne mehr von ihr sehen. Die Farben der Bäume ändern sich und es ist kühler geworden. Somai hat davon gehört, wie kalt es hier werden kann und hat für Nila einige bunte Sachen gekauft, in die sie sie im Winter einpacken kann. Die Kleine langweilt sich und ist immer alleine, wenn Somai arbeitet. Inzwischen spielt sie oft im Hof, statt auf der Treppe nach oben zu sitzen und zu malen. Chau hat ihr ein Springseil geschenkt. Eines Tages regnet es

und weil Nila nicht in den Hof kann, hüpft sie vor der Treppe herum. Somai steht gerade in der Küche und füllt Teller, als Mahi auf den Hof gefahren kommt. Nila sieht ihn nicht eintreten und so steht sie ihm im Weg. Mahi erhebt die Hand, um Nila zu verscheuchen. Somai sieht für einen kurzen Moment diese erhobene Hand, sieht etwas, das eigentlich gar nicht da ist, aber sie nimmt es so wahr. Sie sieht eine Hand, die zum Schlag erhoben ist.
„Lass sie in Ruhe", sagt Somai.
Chau sieht auf und stoppt in ihrer Bewegung.
„Was hast du gesagt?" Mahi kommt nahe an Somai heran.
„Ich habe gesagt, lass Nila in Ruhe."
„Wenn du doppelt so schnell dieses Gemüse schneiden kannst, dann darfst du etwas sagen. Vorher nicht."
Mahi nimmt die Teller und bringt sie ins Restaurant. Somai schaut durch eine Luke hinterher und sieht einen Mann, der Essen zum Mitnehmen abholt. Er trägt einen Ehering. Ein gutaussehender Mann. Aber das hat nichts über den Charakter zu sagen, das weiß Somai sehr gut. Dann sieht sie eine Gruppe schöner, thailändischer Frauen im Restaurant. Sie sind gut angezogen und selbstsicher. Mahi hat an der Schwelle zum Restaurant wieder sein Gesicht gewechselt. Es ist jetzt völlig anders. Jetzt ist da ein Lächeln in all dieser Härte zu sehen. Und weil um dieses Lächeln alles herum so verhärmt ist, leuchtet

dieses Lächeln irgendwie. Wie eine Blume, die sich durch Asphalt gegraben hat. Somai denkt an die Blütenblätter in Nilas Bilderbuch. Sie dreht sich um und sieht Mahis Winkekatze, die ihr stoisch zuwinkt mit einem stillstehenden Gesicht wie das von Mahi. Sie nimmt das billige Plastikteil, öffnet den großen Mülleimer in der Küche und wirft die Winkekatze hinein. Sie versucht, weiter zu winken, und so zieht Somai eine Zeitung, die darunter liegt, hervor und legt sie über die Katze. Somai betrachtet die Zeitung. Mahi kommt zurück, und schnell nimmt Somai die Mülltüte aus dem Mülleimer und geht damit hinaus in den Hof. Nila springt mit ihrem Seil jetzt dort draußen, der Regen hat aufgehört, ihre gelben Gummistiefel wirbeln Pfützen auf. Somai drückt den Müll in die Tonne, damit das Winken darin auch wirklich verschwindet, nimmt aber die Zeitung heraus, die sie darüber gelegt hatte.

Es dauert eine ganze Woche, bis Mahi das Fehlen der Winkekatze bemerkt. Alle Angestellten stehen in der Küche, die Messer, Kochlöffel und die Köpfe gesenkt mit dem Blick auf den Boden oder die Schneidebretter, während Mahi wütet. Somai hört der Schreierei zu wie die anderen auch. Das Schreien tut ihr nichts, es greift sie nicht an, es schlägt nicht nach ihr. Und plötzlich kann sie etwas spüren, das nicht in diese Situation passt, das sie sogar zu unterdrücken versucht. Sie spürt ein Lachen, das sich in den Körpern der anderen und in ihr ausbreiten will, das versucht, herauszukommen, das irgendwo unten im Bauchraum zum Leben erwacht ist und angefangen hat zu wachsen. Das nach oben klettert, je weiter Mahi einem winkenden Plastikteil hinterherschreit, bis er aus der Küche in den Hof rauscht und die Tür zuknallt, so dass Nila auf der Treppe durch den Windstoß der Tür die Haare um das Gesicht fliegen. Und Nila ist es auch, die zuerst dieses Lachen frei lässt. Auf der Treppe sitzend, den Löwen zwischen Brust und Knie eingeklemmt, sitzt sie da und lacht.

Am Abend essen Chau und Somai eine Suppe.
„Was ist los mit dir? Du bist so still. Ist es, weil Mahi herumgeschrien hat wegen seiner Winkekatze? Ich habe das Teil eh nie leiden können. Komisches Chinesenteil."
„Japanisch", sagt Somai.
„Hä?". Chau schlürft ihre Nudeln aus der Suppe heraus.
„Sie sind japanisch."
„Woher weißt du denn so was? Bist du intelligent, oder was?" Ironisch zieht Chau die Augenbrauen hoch. „Na egal, was weiß ich, wo das Teil ist."
Somai zeigt auf die Tür zum Hof. Die Köchin sieht hinüber.
„Was?"
Somai zeigt wieder auf die Tür, isst dabei aber see-

lenruhig weiter.
„Somai, ich dachte, du hättest inzwischen gelernt, in ganzen Sätzen zu sprechen. Wenigstens auf Thai, und was anderes sprechen wir hier eh nicht. Das hält sonst kein Mensch mit dir aus."
Chau isst weiter, während Somai grinsen muss. Chau schaut sie an und wundert sich.
„Was ist? Was gibt es da zu grinsen?" Sie sieht wieder zur Tür. „Ist die kleine Winkekatze auf ihren Plastikpfötchen davongelaufen, oder was? Oder hast du sie ausgesetzt? Oder hat sie im Mülleimer nach Fisch gesucht und wurde von der Müllabfuhr mitgenommen?"
„Ja", sagt Somai.
Chau legt die Stäbchen zur Seite.
„Du hast...", sie spricht nicht weiter.
„Ja", wiederholt Somai und isst weiter.
„Nein, hast du nicht! Du hast die Katze...?"
„Ja", sagt Somai.

Draußen wird es von Tag zu Tag kühler, aber die Hitze in der Küche ist fast immer gleich. Hin und wieder öffnen sie die Tür zum Hinterhof, um frische Luft hereinzulassen. Nila freut sich auf den Schnee, aber Chau hat ihr gesagt, dass das noch dauern wird. Nila zeigt ihnen ein Bild aus einem Buch, das einer der Köche ihr geschenkt hat. Darauf ist eine weiße Winterlandschaft zu sehen, weil das Buch von den vier Jahreszeiten erzählt.
„So wird das werden!" Nila strahlt und Somai gibt

ihr etwas zu essen. Sie isst es in der Küche an dem kleinen Tisch, weil Mahi gerade nicht da ist.
„So geht das nicht“, sagt Chau. „Dein Kind verbringt den ganzen Tag allein auf einer Treppe, in der Wohnung oder im Hof.“
Als Mahi zurückkommt, sitzt Nila immer noch in der Ecke der Küche am Tisch und sieht sich den Winter in ihrem Buch an. Mahi hat zwei neue Winkekatzen dabei, die er sorgsam im Regal aufstellt. Dann sieht er zu Nila, die Kleine bemerkt es, nimmt langsam ihr Buch vom Tisch und steht auf.
„Mahi?“, sagt Chau und ihre Stimme klingt wieder sanft. „Mahi, darf Nila da sitzen? Sie kann nicht den ganzen Tag auf der Treppe verbringen.“
Nila steht am Tisch, hält ein Tischbein fest und in der anderen Hand hält sie das Buch.
„Tut mir leid, Mahi, ich wollte dich nicht so angehen“, sagt Somai. „Ich habe nur ... ich dachte, du wolltest-“
„Ich weiß, was du dachtest“, sagt Mahi. Dann geht er aus der Küche in sein Büro.
Seitdem beobachtet Somai hin und wieder, wie er zu den Winkekatzen und manchmal auch zu Nila herüberschaut. Hätte er die Winkekatzen nur, weil es zu einem asiatischen Restaurant passt, hätte er sie draußen bei den Gästen aufgestellt. Das bedeutet, dass Mahi also an etwas glaubt, zumindest glauben will, und das verschiebt ein wenig das Bild, das Somai von ihm hat.

November

Die Köchin hat es geschafft, für Nila einen Platz in einem Kindergarten zu finden. Somai bewundert die Sprachfähigkeit ihrer Tochter, denn sie kommt jeden Tag mit neuen Wörtern nach Hause. Somai schreibt sie sich alle in ein kleines Notizbuch, in das sie alles Mögliche notiert, um die Sprache zu lernen. Waren es am Anfang Wörter wie *Löwe, Hund* und *Katze,* so sind es jetzt Wörter wie *Osterei, Kreativecke* und *verstreuselt.* Für letzteres sucht Somai die Übersetzung, findet sie aber nirgends. Nila kommt auch mit dem Wort *Kompliment* an, weiß aber nicht, was es bedeutet. Inzwischen schneidet Somai das Gemüse schon schneller, aber noch lange nicht so schnell wie die anderen. Mahi bemerkt Somais Fortschritte, und sie meint, die Andeutung eines Nickens zu sehen. Der Lärm der Küche ist wie immer, aber in Somai ist es ruhiger geworden.

Ganz hinten in ihrem Notizbuch hat Somai die ausgeschnittene Annonce aus der Zeitung eingelegt, die sie im Mülleimer gefunden hatte. Am nächsten Morgen bringt sie Nila in den Kindergarten und geht danach einen anderen Weg als sonst. In einem Park setzt sie sich auf eine Bank und beobachtet den Sonnenschein, die Menschen und zwei Kinder, die Tauben hinterher tapsen. Das Sonnenlicht breitet sich auf den Federn der Tauben, den heruntergefallenen Blättern und den kleinen Mützen aus, die die beiden Kinder tragen. Sonnenschein auf dem Holz der Bank und auf ihren Händen, die kalt sind. Jetzt ist Sonnenschein, denkt Somai und erinnert sich an die Nacht ihrer Ankunft in diesem Land. Sie will nicht, dass es ihr fremd bleibt, sie will wie Nila sein. Und weil sie sein will wie ihre Tochter, weil sie ohne Angst und ohne Wut über die Vergangenheit sein will, geht sie mit der Annonce in der Hand in den Laden hinein, dessen Adresse dort steht. Sie begrüßt die Frau hinter dem Empfang auf Thai, zeigt die Annonce, von der sie nur das Wort *Thai-Massage* lesen kann, weil es im Englischen gleich ist. In den ersten zwanzig Minuten des Gespräches geht es um Somais Ausbildung und bisheriges Leben. Kurz erzählt sie, dass sie nach ihrer Schulzeit auf dem Land in die Stadt gegangen war, um ihre Ausbildung zu absolvieren, sie erzählt, dass sie Mutter einer vierjährigen Tochter ist und dass sie einen deutschen Ingenieur geheiratet hat, der für seine Firma oft in Thailand war. Somai weiß ganz genau, dass sich die Frau ihr gegenüber die Frage stellt, ob Nila von ihrem Mann oder von einem anderen ist. Sie wird nach ihrem Deutsch gefragt, das kaum vorhanden ist und wie lange sie schon hier ist. Hier muss Somai nicht erzählen, dass ihr Mann gestorben ist, denn es wird nicht weiter nach ihm gefragt. Als sie den Laden eine knappe Stunde später wieder verlässt, hat sie die Adresse einer Sprachschule in der Hand. Sie nimmt sich vor, am Abend das Wort *Neubeginn* herauszufinden und will es Nila beibringen. Sie macht einen Spaziergang durch die Straßen der Stadt und will sich Handschuhe kaufen, denn es ist kalt geworden.

„Kann ich mit dir reden, Onkel Mahi", sagt sie und Mahi geht in sein Büro neben der Küche, wohin Somai ihm folgt. Er setzt sich hinter seinen Schreibtisch, lehnt sich zurück und faltet die Hände vor seinem Bauch. Eine entspannte Geste, die Somai nicht erwartet hat, doch in den letzten Wochen hat sie bemerkt, dass er weicher geworden ist, dass seine Härte nachgelassen hat.

„Ich will einen Sprachkurs machen, Onkel", sagt sie. „Vormittags. Den ganzen Vormittag."

„In Ordnung", sagt Mahi und nickt. „Ich kann dich dann besser einsetzen hier."

Dezember

Der heimliche Teil in Somais Leben beginnt schon eine Woche nach dem Bewerbungsgespräch. Nach den Monaten der eintönigen Schneiderei in der Küche ist es, als hätten sich ihre Hände irgendwie verändert, als wären sie härter geworden. Aber sie erinnern sich schnell wieder an die Bewegungen, die sie tun müssen, und aus den ratternden, eintönigen Abläufen werden wieder sanfte, fließende Bewegungen, wie Somai sie aus ihrer Unterwasserwelt kennt, in die sie sich zurückgezogen hatte im Lärm der Küche. Als sie an ihrem ersten Tag ihres heimlichen Lebens auf dem Weg zurück in die laute Welt ist, überlegt sie, ob dies ein Ausatmen oder ein Einatmen war. War es ein Luftholen oder ein Entspannen, weil sie in den Monaten davor den Atem angehalten hatte? Ab nun arbeitet sie stundenweise in einem Massagesalon einer Thailänderin, und jedes Mal, wenn sie ihn betritt, ist es ein Gefühl der Eigenständigkeit und der Selbstbestimmung, denn hier sagt ihr niemand, was sie tun darf oder nicht. Jeden Morgen bringt sie Nila in den Kindergarten und geht danach in die Bibliothek, weil sie einen Ort braucht, an dem sie Deutsch lernen kann, denn in der Küche erzählt sie, der Kurs habe begonnen. Sie macht sich einen Zeitplan für den Januar. Von 8.30 Uhr bis 11.30 Uhr wird sie im Sprachkurs sein, danach stundenweise im Massagesalon und auch montags, weil da im Restaurant Ruhetag ist. Ab drei Uhr wird sie wie immer in der Küche stehen. Solange der Kurs aber noch nicht begonnen hat, braucht sie einen Platz, an dem sie selbstständig lernen kann. In der Bibliothek benutzt sie das Internet für kostenlose Lernvideos, und ganz leise spricht sie einfache Fragen und Antworten aus. Sie lernt den Satz *Heute scheint die Sonne* an einem Vormittag, an dem über der Stadt ein grauer Winterhimmel hängt. Somai trägt mehrere Schichten Kleidung übereinander, aber weil sie sich beim Lernen kaum bewegt, friert

sie.
Auf dem Weg durch die Stadt erlebt sie nun die Weihnachtszeit, die sie nur aus amerikanischen Filmen kennt. In Thailand gab es auch einen Weihnachtsbaum und auch eine Weihnachtsparty für die vielen Geschäftsleute und Touristen, aber in dieser Menge hat sie den vielen Schmuck und die Tausende von Lichtern noch nicht gesehen. Mit Nila kommt sie kaum schnell genug nach Hause zurück, weil jedes einzelne Schaufenster angesehen werden muss. Im Schaufenster eines Uhrenverkäufers entdecken sie eine Miniatureisenbahn, die durch winterliche Berge fährt. Nila fragt, wo solche Berge sind, weil sie dorthin fahren will. Und sie will Weihnachten feiern.
Eines Nachmittags steht Nila im Hof und schaut in den Himmel. Sie wartet eine Weile in der Hoffnung, der kleine, weiße Regen würde sich in dicke Schneeflocken verwandeln, aber dann hört der Schneeregen auf und es sieht einfach nicht so aus wie in ihrem Buch. Das versteht sie nicht, weil der Herbst mit seinen bunten Blättern tatsächlich genau so ausgesehen hat wie auf den Bildern und sie hat inzwischen viele Kastanien, die alle auf der Fensterbank liegen. Auch die kommen in ihrem Buch vor. Im Kindergarten haben sie einen Weihnachtsbaum aufgestellt und Nila durfte eine Kugel daran hängen, wie alle anderen Kinder auch. Ihr macht die Weihnachtszeit Spaß und sie friert auch nicht so sehr wie Somai, der der

ständige Wechsel zwischen ihren heimlichen und, wie sie es nennt, ihrem Küchenleben zu schaffen macht. Am Vormittag friert sie in der Bibliothek, im Massagesalon ist es warm, und in der Küche ist es heiß. In der Nacht ist ihr alles egal, weil ihr Schlaf tief und fest vor Erschöpfung ist.
In der Küche ist Somai viel sicherer geworden und sie darf inzwischen die Mahlzeiten verpacken, die per Telefon oder auch direkt im Restaurant zum Mitnehmen bestellt werden. Sie verpackt sie, schreibt eine Nummer darauf und legt sie auf einen Platz in der Durchreiche hinter dem Tresen. Dann ruft sie die Nummer auf Thai und sucht die richtige Übersetzung dafür in ihrem Kopf. Durch die Tür neben diesem offenen Fenster zwischen Küche und Restaurant geht sie nie. Heute hat sie eine Tüte zusammengepackt, trägt sie an ihren Platz und ruft die Zahl neununddreißig aus. Durch die Durchreiche sieht sie den Mann mit dem Ehering, den sie kennt, weil er in der letzten Zeit sehr oft hier ist. Er nimmt das Essen immer mit nach Hause, nie isst er im Restaurant. Somai fällt auf, dass sich der Mann in den letzten Wochen verändert hat. War er vor einiger Zeit ein gutaussehender Mann, so ist sein Gesicht nun eingefallen, die Haare nicht mehr geschnitten und er sieht die Menschen kaum noch an. Als ob etwas in ihm all das Gute fressen würde, das vorher seine Ausstrahlung so interessant gemacht hat. Als sie ihn das erste Mal gesehen hatte, war er ihr vor-

gekommen wie ein Bild aus einer Werbung. Es hätte sie nicht erstaunt, wenn sie ihn auf der Seite einer Zeitschrift entdeckt hätte, ein Glas Whisky in der Hand oder eine Uhr um sein Handgelenk. Was hätte sie gesehen, wenn sie die Seite hätte umblättern können, um dort sein wahres Gesicht zu sehen? Einen Familienmensch? Einen Vater? Einen Menschen, der dasselbe Gesicht hat, nur nicht so perfekt, weil er nicht für ein Foto zurechtgemacht ist, sondern gerade mit einer kleinen Tochter oder einem Sohn eine Schneeballschlacht gemacht hat und nun noch ein paar Geschenke verpacken will? Oder hätte sie dort vielleicht ein Gesicht mit dunklen Augen gesehen, mit einem Ausdruck, der ganz plötzlich erscheinen konnte, den sie in der Zeit in Thailand nie gesehen hatte? Somai sieht den Mann durch die Durchreiche an. Auch dieser Mann hat sich verändert. Er ist traurig geworden und sieht verloren aus, und so nennt Somai ihn ab jetzt. Der traurige Mann bezahlt und geht hinaus, vorbei an der Einfahrt zum Hinterhof, in dem Nila nach Schnee Ausschau hält.

An Silvester legen sich Nila und Somai auf das Schlafsofa und schauen durch das Dachfenster in den Himmel. Somai denkt an den traurigen Mann und was er jetzt wohl gerade tut.

Januar

Jeden Morgen steht Somai eine Stunde früher auf und lernt die Wörter der fremden Sprache, weil sie nach dem Kurs keine Zeit dazu hat. Wenn Nila aufsteht, muss sie ihrer Mutter weitere neue Worte und Sätze vorsprechen, die Somai mit dem Handy aufnimmt. Bald hat Somai ein Sammelsurium aus Worten und Sätzen. Sie lernt sie eine Stunde am Morgen auswendig, und nachdem sie Nila in den Kindergarten gebracht hat, geht sie in den Sprachkurs, der jetzt angefangen hat. Sie stellt sich vor, die neue Sprache wäre ein Fluss, der mit wenigen Worten aus einer Quelle sickert und jeden Tag ein wenig breiter wird. Alles, was sie in der Küche, auf der Straße oder in ihren Träumen sieht, übersetzt sie. Um drei Uhr am Nachmittag beginnt sie im Restaurant. Sie bemerkt, dass sie die Zahlen nicht gut kann, weil sie so viel Gemüse schneidet, dass sie es nicht zählen kann. Nila hat zwei neue Lieblingsfarben, und so trägt sie eine blaue Mütze und eine orangefarbene Strumpfhose, als sie am Nachmittag im Hof auf und ab hüpft und Kinderreime singt, die sie im Kindergarten gelernt hat. Auch die lässt Somai sich übersetzen, und so lernt sie die Worte *Bienenhaus, Zappelmänner,* und plötzlich taucht auch das Wort *Kompliment* wieder auf, mit dem Nila aber immer noch nichts anfangen kann. Also schaut Somai es nach und erklärt es ihr. So fließen jeden Tag neue Worte in Somais Leben

und auch in Nilas, die sich mit Kindern aus dem Kindergarten angefreundet hat. Somai übersetzt das Wort *Bewegung*.
Manchmal sind die Dinge zwischen Mutter und Tochter umgekehrt. Nila sitzt vor ihrer Mutter und nimmt nacheinander deren Finger mit den ihren. Als Somai das bei Nila tut, verwechselt sie zwei Worte, und der Daumen wird zur Pflaume. Nila kommt aus dem Lachen kaum noch heraus. Das Kind ist glücklich, der Löwe ist jetzt nicht mehr ihr einziger Freund.

Somai ist zu spät. Schnell bindet sie sich ihre Schürze um und geht an ihren Platz.
„Somai, wo bist du gewesen, du bist zu spät!", ruft Mahi durch die Küche.
Somai wirft einen Blick auf die Behälter mit dem kleingeschnittenen Gemüse, holt sich Blumenkohl, weil davon nur noch wenig da ist, und beginnt, ihn klein zu schneiden. Mahi kommt zu ihr.
„Und, was für ein Wort hast du heute gelernt?"
Somai zeigt auf den Blumenkohl.
„Blumenkohl", sagt sie auf Deutsch. „Ich schneide Blumenkohl."
Am liebsten würde Somai ihn fragen, welche Worte er denn in den letzten Jahren hier in diesem Land gelernt hat. Mahi nickt und geht, und Somai ärgert sich, weil sie das „e" immer wie ein „ä" ausspricht. Chau schaut sie an.

„Dafür, dass du dir immer so viele Wörter aufschreibst und sie lernst, sprichst du erstaunlich wenig, Somai. Du musst mehr sprechen."
„Du sprichst doch auch nicht viel auf Deutsch", sagt sie zu Chau.
Chau wirft etwas in den Wok, es wird sehr laut und Öl spritzt ihr auf die Hand. Sie schimpft über sich selbst.
„Tut deine Hand weh?", fragt Somai und versucht wieder, das „e" besser aussprechen, damit es nicht nach einem „ä" klingt. Sie lächelt Chau an, während sie blind das Gemüse weiter schneidet.
Chau stutzt.
„Was hast du gerade gesagt?"
„Ob es weh tut", sagt Somai nun wieder auf Thai.
„Nein, geht schon. Mein Rücken tut weh, ich werde alt."
Somai greift in ihre Tasche und gibt Chau einen Flyer.
„Ist gut für deinen Rücken", sagt sie.

Am Abend holt Chau, nachdem sie in der Küche etwas gegessen haben, den Flyer des Massagesalons hervor.
„Meinst du, die können das auch wirklich gut?"
„Ja", sagt Somai, „die kommen aus einem kleinen Dorf in Thailand."
Chau lacht.
„Sind wir denn nicht alle aus einem kleinen Dorf?"

Somai hat begonnen, ein Tagebuch zu schreiben. Es ist aus den Notizen entstanden, die sie sich zum Erlernen der Sprache gemacht hat. Erst waren es nur einzelne Wörter, dann wurden es einfache Sätze und inzwischen macht sie Nebensätze. Das Tagebuch schreibt sie auf Thai, aber immer wieder lässt sie Worte auf Deutsch einfließen. Mit Nila spricht sie Thai, obwohl Nila sie manchmal auf Deutsch anspricht. Sie merkt es nicht, denn sie ist in beiden Welten zuhause. Die wenigen Stunden, die sie im Massagesalon verbringt, sind für Somai ein kleines, aber lebenswichtiges Geheimnis. Es gibt zwei andere Frauen, die hier arbeiten, und in der kurzen Zeit, in der sie hier ist, ist es ihr egal, wie grau der Tag draußen aussieht und wie kalt er sich anfühlt. Sie fühlt sich mit den anderen Frauen schnell verbunden, und sie teilen sich das Grau vor dem Fenster und die Wärme bei ihnen hier drinnen.
Aber auch in der Küche findet ein Leben statt, das Somai zu schätzen gelernt hat. Das Essen am Abend mit Chau und den anderen Köchen zum Beispiel. Zwischen den beiden Frauen ist eine Freundschaft entstanden, und Chau ist auch für Nila wichtig geworden. Sie hat ihr und Nila eine schöne, bunte Lampe geschenkt, denn beide haben Heimweh bekommen. Sie vermissen nicht nur die warmen Temperaturen, sondern sie vermissen auch die Farben in all dem Grau des Himmels. Nila malt Regen mit

Blüten. Somai kauft ihr gelbe, gefütterte Winterstiefel und einen warmen Regenmantel, weil es draußen jetzt ständig nass und so kalt ist. Mit einem Regenschirm in der Hand springt sie an einem Sonntagmorgen im Hof in den Pfützen herum. Somai ruft sie durch das Fenster herein und macht ihr eine Tasse heiße Schokolade.

„Wann ist der Himmel wieder schön?“, fragt Nila.

„Im Frühling.“

„Wann ist das?“

„In ein paar Wochen.“

„Und dann?“

„Dann ist es wärmer und die Blumen fangen an zu blühen.“

Februar

Manchmal schläft Nila bei Somai auf der Schlafcouch in der Küche. Eines frühen Morgens wacht Somai auf und sieht aus dem Fenster über ihr in der Dachschräge in die Dunkelheit hinaus. Leise steht sie auf und geht an das Fenster, vor dem sich die Spüle befindet und von dem aus man auf den Platz schauen kann, an dem sich die fünf Straßen treffen und der Park beginnt. Sie wickelt sich ihre Decke um den Körper und schaut lange hinaus auf die Welt, die in diesem Teil der Erde noch schläft. Und sie wartet, wartet und sieht hinaus, ohne sich ein Wort merken zu wollen oder an Morgen denken zu müssen, und auch an die Vergangenheit denkt sie jetzt nicht. Denn jetzt ist sie hier, in diesem Land, dessen Sprache sie lernt, in dem sie sich ihrer Arbeit und den Kolleginnen verbunden fühlt, in dem sie eine Freundin gefunden hat und in dem Nila einmal werden kann, was sie will. Als der Himmel langsam heller wird, weckt sie Nila sanft aus ihrem tiefen Kinderschlaf. Sie nimmt sie auf den Arm und geht mit ihr zum Fenster. Verschlafen schaut Nila hinaus auf eine weiße Welt, in der dicke Schneeflocken vom Himmel fallen.

Es schneit viel in dieser ersten Februarwoche und Nila liebt es. Im Hof bauen sie einen Schneemann und gehen danach in den Park, um kleine Äste für die Arme zu suchen.
„Du hast doch gesagt, dass jetzt der Frühling kommt!", sagt Nila. „Aber das ist Winter."
Dann rollt sie eine Schneekugel zusammen und schaut plötzlich zu ihrer Mutter hoch.
„Ich dachte, Weihnachten wäre im Winter?"

Somais Wege zur Sprachschule und zum Salon kommen ihr im Schnee viel länger vor. Sie kommt nicht mit ihm zurecht, weiß nicht, wie sie darauf sicher gehen soll. Ihre Kolleginnen lachen und eine erzählt, wie sie letztes Jahr auf dem Schnee ausgerutscht war. Sie sagt, sie hasst den Schnee und das wird sich auch nicht ändern. Deshalb fliegt sie im

Winter auch nach Hause. Somai schmerzt die Vorstellung an einen Besuch in Thailand, denn dort wartet niemand mehr auf sie. Es gibt dort niemanden, weil ihre Eltern bei einem Unfall in der Stadt gestorben sind. Sie erinnert sich an die Reise, die eine Flucht vor der Armut auf dem Land war, in die Stadt, wo ihre Eltern in einer Straßenküche gearbeitet hatten. Und sie erinnert sich an die Farbe des Busses, der die Kontrolle verloren hatte und in die Straßenküche gerauscht war. Dieses Geräusch der Reifen auf dem Asphalt kann Somai noch heute hören. Onkel Mahi war zur Beerdigung gekommen, hatte Somai in ein Waisenhaus gebracht und war bald wieder gegangen, hatte das Land wieder verlassen, das für Somai nur aus Armut und Einsamkeit bestand. Im Gepäck hatte er ein Bild, das Somai ihm geschenkt hatte. Sie hatte ihn vor einem Haus gemalt mit einer Frau und zwei Kindern, so, wie er in diesem anderen Land bestimmt leben würde. Einmal im Jahr hatte er Somai von da an besucht und ihr gesagt, wie wichtig es sei, zur Schule zu gehen und eine Ausbildung zu machen. Und wie wichtig es sei, weg von den großen Städten und dem schnellen Geld dort zu bleiben. So waren die Jahre vergangen, Somai hatte gelernt und gearbeitet, hatte sich in einen Mann verliebt, war schwanger geworden und wurde verlassen.

Und eines Tages war ein deutscher Ingenieur in ihrem Hotel aufgetaucht, einer, der ins Land gekommen war, um zu arbeiten und nicht einer, der als Tourist zu den Barmädchen ging. Ein freundlicher Mann, kein naiver, wie die Touristenmänner. Aber auch freundliche, kluge Männer können eine dunkle Seite haben, die hervorkommt, wenn sie in ihrer gewohnten Umgebung zurück sind und nun eine Frau haben.

Über all das denkt Somai nach, nachdem der Schneezauber vorbei ist. Er hat nur eine Woche gedauert. Jetzt regnet es viel und die Menschen werden mürrisch. Kaum einer lächelt auf der Straße, und als Somai eine Bäckerei betritt, sieht die Verkäuferin schlecht gelaunt in den Himmel. Vom Land des Lächelns bis ins Land der mürrischen Menschen ist es ein schwieriger Weg für sie gewesen.

Am Abend wärmt sich Nila in der Badewanne auf, während Somai auf ihrem Bett daneben sitzt. Sie zündet eine Kerze an und löscht alle anderen Lichter. Während der Regen auf das Fenster in der Dachschräge prasselt, formt Somai Schattentiere aus ihrer Hand, die über die Wand wandern.

März

Manchmal sieht Somai Nila draußen spielen und fürchtet, sie würde sich erkälten. Aber Nila springt herum wie ein junges Reh und nach zwei sonnigen Wochen zieht sie sich den Schal und manchmal auch die Jacke aus. Somai läuft zu ihr über den Hinterhof

und zieht ihr alles wieder an.
„Aber die Sonne scheint doch", sagt Nila und springt davon.
Somai schaut in den Himmel, der hellblau über ihr hängt. Es ist Frühling geworden, Somai ist sich allerdings nicht sicher, ob die dunkle Zeit wirklich vorbei ist. Aber sie will es so. Sie will Licht, das heller ist als nur eine kleine Flamme, die die Nacht erhellt.

Nila entdeckt die Kirschblüte als Erste am Morgen, als sie aus dem Fenster hinaus schaut.
„Rosa!", ruft sie laut, rennt die Treppe hinunter und staunt über die Explosion an Farbe, die scheinbar in der Nacht im Hinterhof stattgefunden hat.
„Sie sind schön", sagt Somai, als sie mit Chau einen Tee trinkt.
„Habe ich doch gesagt", antwortet Chau, „aber wenn sie fallen, haben wir viel Arbeit. Mahi mag sie nicht, wir müssen sie alle wegfegen."
„Kirschblüten", sagt Somai auf Deutsch. Sie mag das Wort.
„Besen", sagt Chau und zeigt auf einen, der in einer Ecke des Hofes steht.
„Besen", wiederholt Somai und vergleicht dann den Klang des Wortes *Kirschblüten* mit dem von *Besen*.
„Besen ist ein Mahi-Wort."
Chau lacht.
„Ein was?"

„Ein Wort, das zu Mahi passt. Besen! Besen!“, sagt Somai und bellt das Wort mit einer tiefen Stimme. „Besen! Besen! Karotte! Schneller schneiden! Nummer funfzähn! Chau! Chau! Auf Widderrsähn, Kirschblüttän!“

Das schöne Wetter im März hat Somai aus ihren dunklen Gedanken geholt. Sie macht viele Spaziergänge mit Nila und sie sammeln die ersten Blüten ein. Im Park ist ein großer Kinderspielplatz, aber Somai versteht die Eltern nicht, die dort mit ihren Kindern hinkommen. Sie hält sich meistens ein wenig abseits und beobachtet Nila von einer Bank aus.
Eines Tages kommt Nila mit einem Mädchen an der Hand angesprungen und sagt aufgeregt etwas auf Deutsch. Somai versteht es nicht und Nila wiederholt es auf Thai. Das andere Mädchen hat sie eingeladen. Somai sieht, wie eine Frau auf sie zukommt und sie steht auf und geht ihr entgegen. Sie verspürt eine Barriere in sich, weil sie noch nie mit einem Menschen außerhalb der Sprachschule auf Deutsch gesprochen hat. Die Frau stellt sich ihr als die Mutter des Mädchens vor, zumindest glaubt Somai das, und als sie weiterspricht, sieht sie zu Nila in der Hoffnung, sie würde übersetzen. Die Mutter bemerkt es und versucht es dann mit Englisch, was Somai dankbar annimmt.
Zuhause sucht sie sich Sätze raus, die zwei Elternteile zueinander sagen könnten. Sie erzählt es Chau.

„Ich habe viel länger gebraucht, um hier anzukommen“, sagt die.
„Ich fühle mich nicht so, als wäre ich hier angekommen“, antwortet Somai. „Ich habe das Gefühl, ich hänge irgendwo zwischen den Welten.“
Sie denkt über ihre eigenen Worte nach und ist sich nicht sicher, ob das Gesagte wirklich stimmt.

April

Nila ist bei einem Freund, den sie im Kindergarten kennengelernt hat. Es ist ein angenehmer Tag im April, Chau sagte, er sei erstaunlich warm dieses Jahr. Weil Montag ist und Somai nicht im Restaurant arbeiten muss, ist sie seit dem Nachmittag mit ihren Kolleginnen am Flussufer unterwegs. Sie verteilen Flyer und eine kleine, kostenlose Massage als Werbung für den Salon. Somai läuft über die Wege und Wiesen an der Promenade, während um sie herum die Welt geschieht. Sie nimmt das Gefühl auf, das diese Welt ihr jetzt und hier gibt und genießt die Sonne, die endlich den Winter vertrieben hat, der so grau war und doch manchmal so schön. Sie spricht eine Frau an, so, wie sie es auswendig gelernt hat, gibt ihr einen Flyer und bietet eine kleine Massage an. Die Frau willigt ein, Somai setzt sich neben sie auf die Bank und nimmt die Hand der Frau in die ihre. Sie hört Menschen lachen und die Räder von einem der Inlineskater, der nahe an ihr vorbeifährt

in dem Moment, in dem ihr Daumen an der Innenseite und die anderen Finger an der Außenseite des Armes entlangfahren. Ihre Bewegung und die des Inlineskaters passen zusammen. Es ist eine elegante Bewegung, eine, die befreit und Kraft hat. Eine, die zu dem Hier und Jetzt dieser Welt passt, die fernab der engen, lauten Küche ist. Einer der Inlineskater ist auf das Geländer am Fluss gesprungen. Somai sieht Leichtigkeit. Das Wort muss sie heute Abend nachschlagen, weil sie schöne und gute Wörter in der neuen Sprache lernen will. Die Frau bedankt sich, Somai steht auf und läuft durch die Menschen hindurch, verteilt weiter Flyer und lacht über einen Inlineskater, der nah an ihr vorbeirauscht. Sie könnte Nila welche kaufen, der Kleinen würde das bestimmt Spaß machen.
Am nächsten Morgen geht sie in die Sprachschule und danach in den Salon. Ein Mann, vielleicht Mitte dreißig, ist da. Er ist mit dem Fahrrad angekommen. Somai kann die Stellen in seinem Körper sofort finden, an denen sich der Stress verknotet hat.
„Tut weh?", fragt sie den Mann, als sie mit dem Handballen über die verknoteten Gefühle unter dem rechten Schulterblatt des Mannes fährt. Das Telefon klingelt und ihre Kollegin nimmt ab. Somai versteht nicht alles, aber doch mehr als genug. Sie weiß, dass es solche Anrufe öfter gibt. Männer, die an eine vielleicht exotische Form der Erotik denken, eher aber doch an eine kleine Thailänderin, eine Kindfrau, an

banalen Sex. Sie kennt es von manchen Touristen oder Geschäftsmännern im Hotel in Thailand, und wenn sie und ihre Kolleginnen damals mit dem Küchen- oder Putzpersonal zusammensaßen, waren Männer wie diese oft ein Gesprächsinhalt. Etwas, über das man sich lustig gemacht hat, weil alles andere sinnlos gewesen wäre. Und doch hat es immer ein schlechtes Gefühl hinterlassen.
Ihre Kollegin hat aufgelegt und sagt etwas zu einer anderen Kollegin, die sich gerade auch im Vorraum aufhält. Somai versteht es nicht, und so fragt sie durch den Vorhang leise nach.
„Dummer Mann", wiederholt die Kollegin.
Ein neues Wort also, das Somai gleich einsammeln will.
„Dummer?", fragt sie.
Statt ihrer Kollegin antwortet der Mann, dessen Rücken sie gerade ausstreicht.
„Ein sehr dummer Mann", sagt er.
Am frühen Abend bringt Somai den Müll aus der Küche hinaus. Nila spielt auf der Straße irgendein Hüpfspiel und schaut dann in den Himmel, in dem ein Frühlingsregen hängt, aber noch nicht losgelassen hat. An der großen Tonne angekommen schaut Somai wie Nila hoch in den Himmel.
„Was heißt „dummer?", fragt sie.
„Blöd" antwortet Nila, aber auch das Wort kennt Somai nicht, also sagt Nila es auf Thai.
Sie atmet ein und wieder aus, weil sie glücklich ist in

dem Moment, in dem der Regen den Himmel loslässt.

Die Kirschblüte dauert elf Tage. Elf Tage lang hängt über dem Hinterhof und in vielen Straßen der Stadt der Duft der Kirschbäume. Auf ihrem Weg in den Salon gibt es eine lange Straße, durch die die Straßenbahn fährt und die von Kirschbäumen gesäumt ist. Somai steigt aus, bevor die Bahn in die Kirschbaumstraße einbiegt und läuft zu Fuß durch das Blütenmeer hindurch. Auch die nächsten Tage tut sie das. Und dann beginnt das Rosa zu fallen. Es fällt auf alles und jeden. Somai, Chau und Nila fegen die Blüten im Hof zusammen, bevor sie sich an die Arbeit in der Küche machen. Nila nimmt ihren Eimer und kippt sich die zusammengefegten Blüten einfach über den Kopf. Das ergibt ein Bild. Ein Lachen im Blütenmeer. Blütenlachen. Überhaupt wird viel mehr gelacht in diesen Tagen, denn es ist eine gute Zeit, obwohl Somai das Geheimnis des Doppellebens hat, aber es ist ihr gelungen, die Gedanken daran beiseite zu schieben, denn Woche um Woche ist es gut gegangen und niemand hat etwas bemerkt. Somai hat von Tag zu Tag eine Sicherheit bekommen, die sie stärker werden ließ. Sie kann eine Zukunft sehen, hier in diesem Land, zusammen mit Nila.
Sie fegen die restlichen Blüten zusammen und gehen in die Küche. Sie lachen über etwas ganz Banales, als

etwas nach Somais Zukunft greift und sie sich entscheiden muss. Mahi kommt herein und knallt ihr den Flyer vom Massagesalon vor die Nase.
„Was ist das?“, will er wissen.
Somai antwortet nicht. Sie sieht nur, wie ihr jetziges Leben und ihre Zukunft eine Delle bekommen. Wie eine Seifenblase, die von einem Windstoß erfasst wird. Chau springt für sie ein.
„Ein Flyer“, sagt sie. „Willst du eine Massa-“
„Sei still!“, fällt Mahi ihr ins Wort. „Was ist das, Somai?“
Somai greift nach ihrem Leben, nach dieser Seifenblase, die im Windstoß zu zerplatzen droht.
„Ich arbeite dort“, sagt sie mutig und mit ruhiger Stimme. Sie schaut dabei auf die Arbeitsplatte vor ihr.
„Was tust du dort?“ Mahi baut sich vor ihr auf, hält ihr den Flyer so nah an ihr Gesicht, dass das Papier sie berührt.
„Arbeiten“, sagt sie dann und blickt Mahi an. „Ich gehe nicht nur in einen Sprachkurs. Ich gehe auch arbeiten.“
„Deine Arbeit ist hier! Hier bei mir!“
Das Messer in ihrer Hand und das Bild der Seifenblase passen nicht zusammen, also legt Somai es auf das Schneidebrett.
„Aber ich möchte nicht hier in deiner Küche arbeiten und mich jeden Tag von dir anschreien lassen“, antwortet sie. „Ich möchte leben.“

„Leben!“ Mahi spricht das Wort aus, als würde er es nicht kennen.
„Das verstehst du nicht. Du kennst nur deine Küche, Mahi.“
„Das verstehe ich nicht! Du wirst damit aufhören. Ich werde dich gleich morgen auf die Straße setzen, wenn du nicht hörst. Dich und das kleine Ding. Hast du mich verstanden? Das ist ein fremdes Land hier. Du wirst ganz alleine sein da draußen. Hast du das verstanden, Somai?“
Mahi stürmt hinaus und eine Weile ist es still in der Küche. Als ob sich alles Leben an die Wand gedrückt hätte, um nicht von Mahis schreienden Worten getroffen zu werden. Chau sieht Somai an.
„Er ist manchmal nur ein Mann mit einer Vergangenheit, Somai.“
Somai nickt. Chau lächelt sie müde an. Das Leben löst sich wieder von den Wänden und geht weiter.

In den nächsten Tagen regnet es weiter Kirschblüten. Sie fallen auf Nilas schwarze Haare, wenn sie unter dem Kirschbaum seilspringt. Somai stellt sich vor, sie könnte die Zeit langsamer sehen. Dann würde sie sehen, wie Nila emporspringt, ihre Haare eine Welle schlagen und dann nach oben fliegen, während Nila wieder von ihrem Sprung herunterkommt, und im Hintergrund fallen die Kirschblüten, sich in der Luft drehend oder segelnd. Sie sieht, wie die Blüten am Boden durcheinandergewirbelt werden, als der Luftzug des Seils sie trifft, wie sie auseinanderfliegen, wenn Nilas Füße den Boden berühren. Nilas Füße, die eine Druckwelle erzeugen in dieser kleinen Welt der Blüten. Ihre Welt ist jetzt nicht mehr klein, denn Somai hat eine Tür geöffnet und ist in das Leben hineingegangen. Sie hat getan, was Mahi in all den Jahren nie geschafft hat. Mahi ist aus der Armut des Dorfes in Thailand geflohen, aber den gesuchten Ausweg aus einem eingeengten Leben hat er nie gefunden.

Somai klopft an Mahis Tür zum Büro, die immer nur angelehnt ist. Sie stellt ihm einen Tee hin und behält ihre Tasse in der Hand. Mahi schaut nicht von seiner Buchhaltung auf.
„Was willst du?"
„Wie hast du es herausgefunden?"
„Ich habe dich im Bus gesehen und bin ihm nachgefahren."
Somai trinkt ihren Tee.
„Bist du glücklich, Mahi?"
Mahi sieht abrupt auf.
„Ich meine", sagt Somai, „geht es dir gut hier? Hier in diesem Land, hier im Restaurant?"
„Ich habe mir das aufgebaut", sagt Mahi mit harter Stimme.
„Und bist du glücklich damit?"
„Natürlich. Ich habe das alles ganz alleine geschafft."

Somai sieht ihn an, sieht in seine Augen, auf seinen Mund, sieht seine Körperhaltung mit den nach oben gezogenen Schultern.

„Aber du teilst dein Glück mit niemandem, Mahi."

Mahi beginnt, Papiere zu sortieren.

„Hast du nie geheiratet, Mahi?"

Mahi klopft an die Seiten eines Papierstapels, um ihn zu ordnen, obwohl es nichts zu ordnen gibt. Somai würde gerne ihre Hand auf seine legen.

„Sie ist zurück gegangen. Sie hatte Heimweh, und sie hat eine große Familie dort."

Somai stellt ihre Tasse ab.

„Warum bist du so böse auf mich?"

Mahi atmet scharf ein.

„Ich habe meinem Bruder versprochen, auf dich aufzupassen, sollte ihm oder deiner Mutter etwas passieren. Und das habe ich getan. Ich habe dich finanziert, damit du eine richtige Ausbildung machen kannst. Ich habe das von der Arbeit in diesem Restaurant finanziert. Und du hast nichts Besseres zu tun, als von irgendeinem Mann ein Kind zu bekommen, der dich nicht heiraten will. Das kann ich noch verstehen, du bist noch jung, und vielleicht hast du wirklich gedacht, er wäre die Liebe deines Lebens. Dann heiratest du diesen Mann, kommst zu ihm nach Deutschland, und jetzt stehst du mit nichts da! Und dann biete ich dir eine Arbeit an, und was machst du? Du gehst in einem Massagesalon arbeiten, statt dich hier nützlich zu machen in dem Res-

taurant, durch das ich dir ein gutes Leben in Thailand ermöglicht habe! Jetzt geh in die Küche!"
Somai steht auf, bleibt in der Tür aber kurz stehen.
„Es tut mir leid, dass ich dich enttäuscht habe, Onkel Mahi."
In der Küche sieht Chau zu Somai herüber, die sich eine Schürze umbindet, und Somai weiß, sie hat das Gespräch mitgehört. Sie hat selbst einen Deutschen geheiratet und sie weiß daher, dass es nur wenige Gründe gibt, warum sich eine Thailänderin nach so kurzer Zeit von ihrem Mann trennen kann, ohne dass sie zurück nach Thailand muss.
„Dein Mann ist nicht tot, oder Somai?", fragt sie vorsichtig.
„Nein, ist er nicht."
Sie arbeiten eine lange Zeit still nebeneinander her. Somai versucht, nicht an die Erinnerungen zu denken, die sich nun wieder in ihrem Kopf ausgebreitet haben, die sie sehen kann wie Bilder, die an einer Wand hängen. Sie sieht auch die Fotos, die eine Polizistin von ihr im Krankenhaus gemacht und ihr gesagt hatte, sie solle an ihr Kind denken, und dass sie unter diesen Umständen im Land bleiben könnte. In Somais Gedanken und Erinnerungen dringt Chaus Stimme.
„Weißt du, welches Wort ich auf Deutsch schön finde? Es heißt *Vermissen*."
„Vermissen?", wiederholt Somai.
„Kennst du das Wort noch nicht? Ver-mi-ssen."

Mahi kommt in die Küche zurück.
„Lass das, Chau", sagt er, „sie braucht nicht zu sprechen. Sie wird hier in der Küche bleiben. Was ist mit Tisch vier?"
Chau und Somai machen zwei Teller fertig. Mahi schaut einen kurzen Moment weg. Einen Moment, in dem in Somai Mahis Worte nachhallen. *Sie braucht nicht zu sprechen*. Es ist, als habe Mahi mit seiner Hand in die Luft vor Somais Gesicht gegriffen und habe ihr die Worte weggenommen, die sie aussprechen wollte. Heute, morgen, ihr ganzes zukünftiges Leben lang. All die Worte, die sie in den letzten Monaten so mühevoll gesammelt und gelernt hat. Einfach weggenommen hat er sie, bevor sie überhaupt richtig in diese Welt geschlüpft sind. Dieses Mal muss Somai sich nicht vorstellen, wie das Leben in einer Zeitlupe aussehen würde. In diesem Moment geht es nicht darum, die Welt verlangsamt zu sehen, um die schönen Momente genauer betrachten zu können. Dieser Moment ist tatsächlich verlangsamt. Mahi schaut in Richtung des Restaurants und wird dann vom Klingeln des Telefons abgelenkt. Somai entscheidet sich. Sie entscheidet sich für ein Leben, in dem ihr nie wieder jemand die Sprache nehmen wird, egal ob durch eine Anweisung oder einen Schlag. Sie nimmt die beiden Teller.
„Somai?", sagt Chau fragend.
Mahi dreht sich um und sieht Somai mit den Tellern in der Hand.

„Somai!“, ruft er scharf.
Somai geht mit den Tellern los. Mahi will sie aufhalten und stellt sich ihr in den Weg, indem er ihr die Tür mit dem Arm versperrt. Somai geht mit den Tellern schnell gebückt unter seinem Arm hindurch in das Restaurant. Wütend starrt Mahi ihr nach. Chau nimmt ihn am Arm und unterbricht so seinen Impuls, Somai aufzuhalten. Somai geht an den Tisch Nummer vier zu den beiden Frauen, von denen sie vermutet, dass es Mutter und Tochter sind.
„Bitte, Ihr Essen, hoffe schmeckt gut. Gute Appetit“, sagt sie und stellt die Teller ab.
„Oh, könnten wir noch etwas Wasser haben, bitte?“, sagt die Mutter.
Somai stockt, hört die Worte in der fremden Sprache, wiederholt sie im Kopf und findet die Übersetzung dafür. Mahi und Chau schauen von der Küche aus herüber, und plötzlich kommt Nila hinter ihr angesprungen. Somai sucht die richtigen Worte in ihrem Kopf zusammen.
„Wasser, ja. Stille oder...“ Sie bemerkt, dass ihr das gegenteilige Wort von „still“ fehlt. „Oder andere?“, sagt sie stattdessen.
Die Tochter sagt, sie will ein stilles Wasser haben.
„Ich bringe Ihnen.“
Somai verneigt sich leicht und geht zurück in Richtung Küche. Kommentarlos geht sie an Mahi und Chau vorbei. Mahi hat keine Zeit, etwas zu sagen, er übergibt einem Gast sein Essen zum Mitnehmen

und nimmt das Geld entgegen, das dieser ihm gibt. Es ist der traurige Mann. Er sieht noch veränderter aus, als beim letzten Mal, und als er Somai direkt in die Augen blickt, erkennt sie die Tiefe seiner Traurigkeit. Somai selbst fühlt eine Erleichterung in sich, und sie stellt sich vor, wie sie ihn eines Tages fragen würde, warum er so traurig ist. Dann, wenn sie das „e“ nicht mehr wie ein „ä“ ausspricht. Mahi ist angespannt, aber nicht mehr ganz so wütend. Er öffnet den Mund, um etwas zu sagen, aber Chau sieht ihn an und legt den Kopf schief.
Somai nimmt in der Küche eine Wasserflasche aus einem Schrank. Sie atmet schnell und tief durch, dann lächelt sie.
Nila kommt hereingesprungen.
„Das war Deutsch!“, ruft sie aus.
Nila freut sich. Mahi schaut die Kleine an, die direkt neben ihm steht. Er sieht auf sie herunter, betrachtet sie, und etwas geht in ihm vor.
„Deutsch“, wiederholt er und sieht wieder auf. „Die neunzehn und die zweiunddreißig für Tisch sieben“, sagt er zu Somai und geht zurück ins Restaurant.

Die beiden Frauen sind gegangen und Somai bringt den Müll hinaus. Sie bleibt stehen und sieht in den Himmel, weil dort schon wieder ein Regen über der Stadt hängt. Für einen kurzen Moment schließt sie die Augen. Der Wind weht leicht, der Himmel zieht sich weiter zu. Die gefallenen Kirschblüten werden

vom Wind über den Asphalt geweht. Dieses Mal geht Somai nicht über den Hinterhof zurück in die Küche, sondern sie geht hinaus auf die Straße, einfach, weil sie Lust dazu hat und weil sie durchatmen muss. Sie läuft an den Fenstern des Restaurants vorbei, die beiden Frauen stehen noch vor der Eingangstür und unterhalten sich. Am Gesicht der Mutter hängen Sorgen, das kann Somai sehen. Sie kann auch diese unsichtbare Wand sehen, die zwischen den beiden steht und die die Mutter überwinden will. Die ersten Regentropfen fallen auf den Asphalt. Die beiden verabschieden sich voneinander und Somai geht weiter Richtung Vordereingang des Restaurants. Mahi kommt an die Tür und ruft zu ihr herüber, sie solle nicht schlafen. Somai schläft nicht, sie ist hellwach, so wach, wie selten in ihrem Leben zuvor. Der Regen lässt den Himmel los. Sie überquert die Straße in Richtung des Parks.
„Schlaf nicht, Somai. Wach auf!", sagt sie zu sich selbst.
Mahi ruft nach ihr.
„Somai! Du wirst nass."
Somai sagt das Wort auf Deutsch.
„Aufwachen."
Sie betritt den Gehweg auf der anderen Seite und beginnt sich zu drehen. Der Regenschauer fällt auf sie nieder und durchnässt sie innerhalb kürzester Zeit. Er weckt sie auf, er spült den Dreck von ihr ab, spült die Bilder von ihr ab, als wären sie mit Kreide

wie ein Straßenbild auf sie aufgemalt. Sie sieht Menschen, die sich unterstellen und Menschen, die schnell laufen. Sie sieht Bauarbeiter, die im Regen arbeiten und einen Buchhändler, der seine Bücher vor dem Laden abdeckt. Sie sieht, wie die Kirschblüten über die Straße geschwemmt werden und hört den Regen, wie er auf den Autos prasselnd aufkommt, die über die Kreuzung fahren oder am Straßenrand parken. Sie sieht die Sonne, die schräg durch den Regen hindurch fällt und blendet, weil alles nass ist. Und dann plötzlich ist es vorbei. Der Himmel bricht auf und die Sonne fließt blendend auf das Nass. Nach dem lauten Prasseln des Regens wird es still, weil der Regen einfach aufhört, von einem Moment auf den anderen. Nila drückt sich an Mahi vorbei, der in der Eingangstür steht, und kommt auf die Straße hinaus, mit ihrem Springseil in der Hand, das sie Mahi hinhält. Er nimmt das Seil in die Hand und weiß nicht, was er damit machen soll, also versucht er es mit einem Lächeln. Somai schirmt die Augen mit der Hand vor der blendenden Sonne ab.

Und in der Stille reißt ein Geräusch einen Riss in diese Welt. Somai sieht, wie sich Nila und Mahi zu ihr drehen. Sie selbst dreht den Kopf in Richtung der Kreuzung. Zuerst bewegt sich nichts, für einen kurzen Moment steht die Welt still. Dann sieht Somai einen Mann über die Straße rennen. Es ist der traurige Mann. Er rennt zu einem am Boden liegenden

Körper, der nass ist vom Regen. Auch Somai läuft zu dem Mann am Boden hin, ein Buch liegt unweit neben ihm. Darauf ist ein Vogel in einem Anzug mit Zylinder zu sehen. Der traurige Mann versucht, den Mann am Boden wiederzubeleben, und Somai hebt das Buch auf, an dem Kirschblüten kleben. Die Luft ist so klar in diesen Momenten. Viele Menschen stehen herum, während der traurige Mann um das Leben des Mannes am Boden kämpft. Somai dreht sich zu Nila um, weil sie plötzlich an das Kind denkt, für das dieses Buch vielleicht gedacht war. Der traurige Mann kann das vor ihm am Boden liegende Leben nicht mehr retten. Er will aufstehen, aber es ist, als könnten seine Beine ihn nicht tragen und so sackt er auf der Straße neben dem toten Mann in sich zusammen. Somai geht zu ihm, kniet sich vor ihn nieder und sieht ihn an, sieht die Traurigkeit und das Verlassensein, sieht Sehnsucht. Sie legt ihre Hand auf das Herz des Mannes.

„Tut weh?“

Der Mann sieht sie an.

„Ja“, sagt er, „es tut weh.“

Teil III
Ein neues Leben

September

Wenn man durch eine Straße anders herum läuft, als man es sonst tut, sieht sie verändert aus. Tobias kennt die Einbahnstraße noch von früher, weil er hier oft mit dem Auto durchgefahren ist. Aber jetzt wohnt er hier in der Stadt und nicht mehr an der Peripherie, und er hat sein Auto verkauft, um Geld für seinen Neuanfang zu haben. Seitdem ist er zu Fuß unterwegs, und alles hat eine andere Seite. Ihm fällt auf, dass der Baum, der in einem Vorgarten steht, von der anderen Seite nicht so schief aussieht, aber ihm gefällt das Schiefe besser. Er hat sich vorgenommen, seine Zeit am Abend dem Kochen zu widmen, weil er eine Beschäftigung braucht. Gestern hat er mit seinem besten Freund telefoniert, ein inhaltsleeres Gespräch, eine Aneinanderreihung von Banalitäten, wie Wäschestücke auf einer Leine. Es hatte zu wenig Pausen gegeben, da sein Freund auf keinen Fall eine Stille aufkommen lassen wollte, denn sonst hätte er darin vielleicht den Abgrund gehört, in den Tobias hineingefallen war und aus dem er nun wieder herausgeklettert ist. Er sieht hinunter auf seine Hände, die die Papiertüten mit dem frischen Gemüse tragen, aber er sieht keine Schürfwunden vom Sich-festhalten, vom Abrutschen, vom Sich-wieder-fangen an einer noch so kleinen Möglichkeit, das Leben wieder klar sehen zu können. Würde er sich und seinen Freund zeichnen, so wür-

den über ihren Köpfen leere Sprechblasen hängen.
In seiner Wohnung stellt er die Tüten auf den Küchentisch. Noch stehen die Umzugskartons herum, weniger, als er erwartet hatte. Karg ist es hier, aber nicht ungemütlich, weil er das Sofa mitgebracht hat. Und klein ist es, aber es wird ihm reichen, weil er im Augenblick nicht viel braucht. Ein Bett gibt es nicht, seine Matratze liegt auf dem Boden, daneben steht ein schöner alter Stuhl, der ihm als Nachttisch dient und eine Stehlampe, die er sich gekauft hat. Tobias hat sich mit den wenigen Dingen, die ihm zur Verfügung stehen, Mühe gegeben. Auf dem Boden und dem Fensterbrett stapeln sich Fachliteratur und Bücher über Architektur. Ein großer Tisch steht am Fenster, Lineale, Bleistifte und Papier liegen darauf. Zeichnungen von Häusern, umgeben von vielen Grünflächen, liegen auf dem Tisch und hängen an der Wand. Ein Laptop läuft. Er setzt sich auf einen Stuhl, betrachtet die Wohnung und fühlt sich plötzlich einsam, also geht er in die Küche, macht Musik an und schneidet Gemüse. Er hat diese Fähigkeit, sich von außen sehen zu können. Er kann am Küchentisch sitzen und gleichzeitig eine Zeichnung wie in einer Graphic Novel vor seinem inneren Auge entstehen lassen, auf der er sich von hinten sieht, mit hängenden Schultern am Küchentisch sitzend, das Messer an einer Paprika. Seine Haare sind zu lang geworden. Durch dieses Bild bemerkt er, dass die Wand vor ihm kahl ist. Er hängt eine Fotografie auf,

die er sich vor einigen Jahren großformatig drucken ließ. Eine Schiffstakelage, aufgenommen an der See, schwarzweiß und rau, und voller Schönheit. Als er sich wieder an den Küchentisch setzt, überlegt er, ob er nicht Wäsche an einer Leine fotografieren sollte, und dann versucht er, sich zu erinnern, in welche Kiste er das Kochbuch gepackt hat. So ist sein Leben momentan. Eine Suche nach den Dingen, die übriggeblieben sind, die unter dem Chaos verschüttet sind, und zeitgleich eine Bestandsaufnahme dessen, was nicht mehr da ist, was kaputt gegangen ist.

Gestern Abend ist er früh schlafen gegangen, weil er nicht in Versuchung kommen will. Schlaf hilft, einfach, weil er dann nicht wach ist. Heute um achtzehn Uhr ist das erste Treffen und deshalb ist er ein wenig nervös. Eine halbe Stunde vorher macht er sich auf den Weg dorthin. Es ist unweit der Innenstadt in einem Raum mit einem Gummibaum in der Ecke. Tobias sieht ihn als Comicfigur mit einem Gesicht und den Blättern als Haarschopf, mit Armen und Händen aus kurzen Ästen, in denen er eine Bierflasche hält. Während er auf einem Stuhl wartet und zusieht, wie der Kreis sich nach und nach mit Männern und Frauen füllt, malt Tobias an diesem Bild immer weiter. Er versucht, Humor in den Gesichtsausdruck des Baumes zu bringen und sucht dabei die Grenze zum Sarkasmus, weil er die nicht überschreiten will. Er bemerkt, dass seine Augen

unruhig hin und her wandern, und so sieht er auf seine Hände, die sich an sich selbst festhalten, weil sonst gerade nichts anderes da ist. Hände, die nicht mehr zittern.
Ein Mann setzt sich auf einen Stuhl und schaut in die Runde. Er lehnt sich nicht an, sondern sitzt aufrecht, die Hände auf die Knie gelegt, sodass seine Finger in die Mitte des Sitzkreises zeigen. Er zählt die Anwesenden durch, bleibt kurz bei Tobias hängen, nickt ihm zu und zählt weiter.
„Hallo", sagt er dann, „ich glaube, wir sind für heute Alle."
Körper werden auf den Stühlen zurecht gerückt, eine Jacke noch über die Rückenlehne gelegt, Blicke irgendwo im Raum fixiert und dann wird es ruhig im Kreis.
„Freut mich, dass ihr alle wiedergekommen seid. Wir haben heute jemand Neues bei uns. Das ist Tobias."
Der Gruppenleiter sieht Tobias an.
„Möchtest du dich vorstellen?"
Tobias kennt das aus der Klinik und erinnert sich an sein erstes Vorstellen damals und an das der Menschen, die nach ihm kamen. Es ist ein Zuhören, obwohl man die Geschichte schon kennt, denn in ihren Grundzügen ist sie immer gleich.
„Hallo", sagt er, „ich bin Tobias, neunundvierzig Jahre alt. Ich hatte ein Alkoholproblem."
Manche im Kreis sehen ihn an, andere sehen in ihre

Kaffeetassen, als ob sie ihm zuhören und seine Geschichte mit der Spiegelung ihrer Gesichter in der Flüssigkeit vergleichen würden. Vielleicht suchen sie auch nur nach einem Spiegelbild, das es schon lange nicht mehr gibt, das verloren gegangen ist in der Vernebelung der letzten Jahre.
„Trinkst du noch?“, fragt der Gruppenleiter.
„Nein, nicht mehr. Ich hab ... also ich war im Entzug, in einer Klinik.“
Er lacht kurz auf.
„Ich finde das irgendwie schwer hier, ich weiß nicht ... in der Klinik war es einfacher.“
„Ist schon okay, Du wirst dich daran gewöhnen. Das geht den meisten Teilnehmern so am Anfang. Das ist ganz normal.“
„Okay, ja. Also ich hab einen Entzug in der Klinik gemacht. Jetzt bin ich wieder hier, ich arbeite wieder und ich-“
Tobias sieht in die Runde, und weil er eine Pause macht und seine letzten Worte in der Mitte des Kreises in der Luft hängen, sehen manche Teilnehmer auf.
„Ich bin seit fast vier Monaten trocken.“
Im Kopf blättert Tobias die Seite der Graphic Novel um, und sieht den Gummibaum, der die Flasche hebt und „Prost“ sagt.
„Was machst du?“, fragt der Gruppenleiter.
„Ich arbeite halbtags in einem Architekturbüro, aber eigentlich will ich was ganz anderes machen.“

Es ist einfach so herausgerutscht. Dieser Wunsch nach etwas anderem. Normalerweise erzählt er das niemandem.
„Was?“, will der Gruppenleiter wissen.
„Ich weiß nicht. Irgendwas Kreatives. Mein Job als Architekt ist leider nicht so kreativ, wie man denkt. Ich zeichne einfach immer nur Wohnhäuser, alle mehr oder weniger in der gleichen Art. Da ist selten mal etwas Besonderes dabei. Zu Hause zeichne ich andere Sachen. Das hilft mir.“
„Wobei hilft es dir?“
„Es lenkt mich ab, denke ich. Ich zeichne besondere Häuser und würde gerne ein Wohnviertel konzipieren, mit vielen Erholungsflächen und mit einer Architektur, die etwas anders ist als das übliche. Es soll familiengeeignet sein. Bezahlbares Wohnen, trotzdem nicht so eintönig. Aber manchmal zeichne ich auch für meine kleine Tochter. Tiere vor allem. Sie ist jetzt sechs. Zumindest versuche ich, etwas für sie zu zeichnen. Ich würde gerne ... vielleicht könnte ich ein Kinderbuch zeichnen, aber das ist sehr schwer.“
„Ein Kinderbuch zu zeichnen?“
„Ja, es ist ... ich kann nur Häuser zeichnen ... also ich kann schon auch anderes zeichnen, ich habe damit teilweise mein Geld verdient als Student ... Karikaturen und so, aber ich weiß nicht, ob es gut ist.“
Tobias sieht den Baum in der Ecke an.
„Ich würde gerne nochmal von vorne anfangen. Irgendwie.“

Auf dem Heimweg sammelt Tobias die erste Kastanie ein, die er findet. Er steckt sie sich in die Hosentasche und will sie von jetzt an immer bei sich haben. Ein alter Trick, den er von seinem Großvater übernommen hat, der immer eine Kastanie dabei hatte. Das ganze Jahr über war sie von Hosentasche zu Jackentasche oder auch mal in die Weste gewandert, die sein Großvater immer so gerne getragen hatte. Jeden Herbst hatte er sich eine neue geholt und die alte dem Hund hingeworfen, der so lange damit herumspielte, bis sie irgendwann achtlos irgendwo liegengeblieben war. Der Großvater hatte immer gesagt, dass die erste gefundene Kastanie Glück bringen würde, und alle anderen, die man sich in die Hosentasche steckte, wären gut gegen das Rheuma und die Gicht. Noch heute liegt immer eine Kastanie auf Tobias Schreibtisch, eine Kindheitserinnerung, die ihm bis heute wichtig ist, weil sie ein Symbol für eine funktionierende Familie ist, eine, in der Glücklichsein eine Rolle spielte. Drei Generationen lebten damals unter einem Dach, und eines Tages hatte sich sein Großvater in der Wohnküche hingelegt und war nicht mehr aufgewacht. Seine Mutter hatte die Kleider aus dem Schrank geräumt und Tobias die Kastanie des Großvaters gegeben.

Wenige Tage später sitzt Tobias auf der Kante seiner Matratze und rollt die Kastanie in der einen Hand, während er in der anderen das Telefon hält. Er fühlt

sich nicht bereit zu tun, was er tun will und so spült er lieber das Geschirr ab und rückt danach das Bild mit der Takelage gerade. Mit dem Telefon wieder in der Hand setzt er sich an den Küchentisch, wählt eine ihm vertraute Nummer, weil es jahrelang seine eigene war und wartet. Seine Frau lässt es lange klingeln, Tobias weiß, wo im Haus das Telefon steht und er kann es förmlich sehen. Er ist sich sicher, seine Frau steht jetzt gerade davor und nimmt nicht ab, weil sie die Nummer auf dem Display sehen kann und weiß, dass er es ist. Tobias rollt die Kastanie über den Küchentisch mit der flachen Hand hin und her.
„Hallo?“, sagt seine Frau.
„Hallo, ich bin es“, antwortet Tobias und hört der folgenden Stille in der Leitung zu.
„Hallo“, sagt sie dann und es klingt kühl.
„Ich bin wieder zurück. Aus der Klinik.“
Seine Frau sagt nichts, es ist einfach nur still am anderen Ende der Leitung und Tobias kommt es vor, als führe er das Gespräch so, wie es ihm durch den Kopf gegangen war, als er am Morgen Laufen war. Nur mit seinen Sätzen, aber nicht mit seiner Frau.
„Wie geht es euch?“, fragt er und die folgende Pause ist nur kurz.
„Uns geht es gut“, antwortet seine Frau knapp. „Du bist zurück?“
„Ja. Ja, ich bin zurück.“
Wieder eine Stille.

„Ich habe eine kleine Wohnung gemietet. Ist natürlich kein Vergleich zu früher."
Das wollte er nicht sagen. Es ist etwas Negatives. Ein negativer Vergleich, aber Tobias will seinen Neuanfang mit nichts vergleichen.
„Ich arbeite auch wieder. Ich habe einen Job, weißt du? Ist nichts Besonderes, aber ich habe einen Grund, um jeden Morgen aufzustehen. Ich gehe auch wieder ein wenig Laufen. Und ich versuche zu kochen. Ich kann gar nicht kochen."
Tobias lacht und hört in der Stille sein Einatmen wie einen Windstoß, der eine Tür zuknallt.
„Was willst du, Tobias?"
„Wie geht es meiner Kleinen?"
„Sie redet nicht darüber. Sie scheint den Vorfall vergessen zu haben."
Tobias nimmt ein Messer, das auf dem Tisch noch vom Frühstück liegt und schiebt damit die Kastanie über den Tisch. Worte wie Schnitte, denkt er.
„Ich will neu anfangen", sagt er dann. „Ich gehe regelmäßig zu einer Gruppe. Ich bin stabil."
Seine Frau schweigt, aber es ist jetzt ein Schweigen, das durch das Telefon gekrochen kommt und nicht mehr einfach nur auf der anderen Seite der Leitung verharrt. Tobias will den wichtigen Satz, den er sich vorgenommen und geübt hat, loswerden, bevor dieses Schweigen bei ihm ankommt, ihn aus dem Hörer heraus das Gesicht zerkratzt.
„Ich würde die Kleine gern ... ", beginnt er den Satz,

aber seine Frau ist vorbereitet.
„Nur unter Aufsicht", unterbricht sie ihn mit kalter Stimme und es klingt wie eine Kralle, die aus dem Hörer nach Tobias kratzt, bevor seine Frau auflegt.

Sascha nimmt sich vor, einen Spaziergang durch den Park zu machen, um das Graffiti zu fotografieren, das jemand an die Seitenwand der Pipeline der Skater gesprüht hat. Jetzt aber nimmt er die Bank ins Visier, die sich 100 Meter vor ihm befindet und beginnt seinen Sprint, mit dem er seine Joggingrunde immer abschließt. Er ist schnell und er weiß es. Als er ausläuft, sehen ihn zwei Frauen an und lächeln. Eine Reaktion, die er nur am Rande wahrnimmt, weil das Angesehenwerden eine Art Routine für ihn ist. Er greift nach seinem Handy, das er an seinem Arm in einer Halterung trägt und drückt auf das Display, auf dem er den verpassten Anruf seiner Frau sieht.
„Hi, du hast angerufen?", sagt er. „Ich bin noch im Park, bin aber gleich da."
Dann bleibt er stehen, hört zu, lächelt und kickt mit dem Fuß einen kleinen Stein herum.
„Warum soll ich mich beeilen? Hast du etwas vor mit mir? Eine Überraschung? Okay, ich bin gleich da, und ich bin sehr gespannt."
Er setzt das Handy wieder in die Halterung an seinem Arm ein und joggt zurück nach Hause, vorbei an einem Spielplatz, auf dessen Boden ein Himmel-

und-Hölle-Spiel mit weißer Farbe gemalt wurde. Sascha bemerkt es nur, weil zwei Mädchen darauf herumhüpfen, und er fragt sich, wie viele Dinge er nicht sieht, weil er einen anderen Blickwinkel hat.

Das Geschenk in Tobias Händen ist sehr leicht. Er hat sich mit dem Einpacken viel Mühe gegeben und viel von dem gestreiften Geschenkband benutzt, das er mit der Schere gekräuselt hat. Es weht im leichten Wind, während Tobias auf dem Spielplatz im Park steht und wartet. Er beobachtet einen Jogger, der einen erstaunlichen Sprint hingelegt hat. Er selbst ist froh, wenn er es überhaupt schafft, eine kleine Runde zu laufen, aber er läuft regelmäßig und stellt sich dabei vor, wie er den Alkohol aus sich herausläuft und herausschwitzt, und bisher war es ihm egal, wie er dabei aussah. Dieser Mann aber, der von zwei Frauen angelächelt wird, macht ihn doch ein wenig neidisch. Tobias beobachtet ihn, wie er telefoniert und erkennt sofort am Lächeln des Mannes, dass es seine Freundin oder die Frau sein muss, mit der er da spricht. Er ist sich auch sicher, worum es bei den beiden geht, denn es ist ein Lächeln, das ein wenig schief ist und den Mund amüsiert verzieht. Danach öffnet sich der Mund des Mannes und aus dem Lächeln wird ein Grinsen, bei dem die Zähne auf der Unterlippe liegen. Tobias würde diesen Gesichtsausdruck gerne zeichnen, diese Lippe, die sich kräuselt, die sich unter den Zähnen schief hervor arbeitet

und zurück in die Form eines Lächelns aus einer Zahnpastawerbung schlüpft. Dieser Mann ist eine einzige perfekte Form, alles an ihm ist stimmig, nichts ist schief. Tobias muss an Geschirr denken, das in einem Küchenkatalog in einem Regal steht. Diese Küchen, die auf den Bildern so perfekt aussehen, in denen aber doch niemand kochen könnte, weil ihr einziger Zweck die Zurschaustellung ist. Tobias sieht so nicht aus. Er sieht älter aus als er eigentlich ist, weil der Alkohol ihn verbraucht hat, und er hat auch nicht so ein offenes Gesicht wie der Mann. Tobias ist wie eine Tasse, von deren Rand ein Stück abgeplatzt und der Aufdruck verblasst ist. Er passt nicht in einen Küchenkatalog. Während er den Mann beobachtet, wie er davon joggt, kommt Tobias der Satz in den Sinn, der besagt, dass Neid die aufrichtigste Form der Anerkennung ist.
„Tobias?"
Eine Frau steht hinter ihm und sieht ihn an. Ein unbehaglicher Blick. Es ist seine Schwägerin und sie hat seine Tochter Lisa an der Hand, die auf ihn zuspringt.
„Hey, kleine Prinzessin!", sagt Tobias, und seine Stimme hört sich rau an, wie ein Blätterrauschen. Besser so, als übertrieben fröhlich, denkt er und genießt das Wiedererkennen seiner Tochter in seinen Armen. Diesen kleinen Körper, das Gefühl ihrer Hände auf seinem Nacken. All das hat er so vermisst. Das Überschwängliche geht und es kommt

eine Schüchternheit, weil sie ihn lange nicht gesehen hat.
„Ich habe etwas für dich“, sagt er und hält Lisa sein Geschenk hin. „Wollen wir es auspacken?“
Tobias lässt Lisa sachte auf den Boden zurück, wo sie das Geschenk nimmt und es mit Tobias Hilfe auspackt. Sie freut sich über den Stoffhasen, ist aber immer noch unsicher. Tobias blickt zu seiner Schwägerin Sandra, die einige Meter entfernt stehen geblieben ist. Auch sie ist unsicher. Tobias nimmt Lisa wieder auf den Arm und geht zu ihr.
„Hallo“, sagt er, und wieder bemerkt er die Rauheit in seiner Stimme, die früher nicht da war. Früher, als sein Leben noch ein Lebenslauf mit nur einer Auszeit von einem halben Jahr vor dem Studium gewesen ist, in der er einfach mal mit dem Rucksack auf einer Reise war.
Sandra lächelt ihn an. Ein Lächeln, bei dem die Lippen geschlossen bleiben und sich die Augen zusammenziehen, so dass es wie ein leichter Schmerz aussieht, oder ein Bedauern.
„Hi. Wie geht es dir?“, will sie wissen.
„Mir geht es gut, Danke.“
„Ich... ich finde das alles irgendwie ... ich will mich da nicht einmischen, verstehst du?“
„Ist schon gut“, beruhigt Tobias sie. „Mach dir keine Sorgen.“
„Es sind nicht unbedingt Sorgen. Naja, schon irgendwie, aber ...“

Sandras Hände wiegen vor ihrem Körper eine unsichtbare Last, lösen sich dann und wandern in die Jackentaschen.
„Ist in Ordnung. Alles ist gut, Sandra. Wie geht es ihr?“
Sandra zögert mit der Antwort.
„Ich weiß nicht, ich ... es ...“
Tobias legt ihr die Hand an den Ellbogen.
„Ist okay, ich wollte dich nicht in diese Lage ... es tut mir leid, ich will nur wissen, wie es ihr geht. Geht es der Kleinen gut bei ihr? Ich meine...“
Sandra atmet tief durch.
„Du hast zwei Stunden. Ich bin da drüben in dem Café“, sagt sie dann und es klingt weder böse noch bedauernd, sondern es ist einfach eine Information, die sie mit so viel Neutralität wie möglich ausspricht.
Tobias scheint diese Information zu schmerzen, das kann sie sehen. Aber er blickt seine Tochter auf seinem Arm an und lacht.
„Zwei Stunden. Zwei Stunden nur wir zwei! Ist das gut?“
Lisa nickt und freut sich. Dann sieht sie hinauf zu einem Schwarm Vögel, der über den Himmel zieht.
Eineinhalb Stunden später liegen Tobias und Lisa in einer Nestschaukel und sehen immer noch den Vögeln nach.
„Wohin fliegen die, Papa?“
„Richtung Afrika.“

„Und warum?"
„Weil sie da im Winter mehr Futter finden als hier."
„Aber es ist doch noch gar kein Winter."
„Richtig, kleine Prinzessin, jetzt ist erst Anfang Herbst."
„Wie heißt der Vogel da?" Lisa zeigt auf einen Vogel, der in der Nähe auf dem Boden herum hüpft.
„Das ist Herr Humpumpus."
Lisa lacht.
„Und was macht der hier?"
„Er sucht ein Geschenk für eine schöne Vogelfrau."
„Warum?"
„Weil er sie gern hat."
„Warum?"
„Weil er alle anderen Vogelfrauen nicht mag."
„Warum?"
„Weil er nur die eine liebt."
„Warum?"
„Also", fängt Tobias an, „Herr Humpumpus kommt eigentlich gar nicht von hier, sondern aus einem Land von ganz weit weg, wo die Bäume im Sommer bunt sind und im Herbst alle grün werden. Herr Humpumpus sah eines Abends in seinem Land eine wunderschöne Vogelfrau mit goldenen Augen, aber er traute sich nicht, sie anzusprechen."
Tobias sieht auf Lisa, die neben ihm liegt und ihn mit großen Kinderaugen ansieht.
„Und dann?", fragt sie.

Lisas Hände in seinem Nacken, die sich festkrallen wollen. Ihr leichtes Gewicht und der kleine Körper in seinen Armen, erstaunlich stark in seinem Vorhaben, ihn nie wieder loslassen zu wollen. Die zwei Stunden sind vorüber. Sandra wartet in einiger Entfernung. Endlich lässt sich Lisa auf den Boden absetzen. Tobias macht ihr noch die Strickjacke zu und sagt, dass alles gut ist.
„Und was hat Herr Humpumpus dann gemacht?", fragt sie.
„Dann baut er ein Haus für sie und die ... weißt du was? Beim nächsten Mal erzähle ich dir die Geschichte weiter, was hältst du davon?"
„Ist gut."
Er bringt Lisa zu Sandra und die beiden verlassen den Spielplatz. Tobias bleibt alleine zurück. Ein Schwarm Vögel fliegt auf, Tobias beobachtet sie, blickt ihnen nach, als sie über den Himmel ziehen und fühlt sich heimatlos.

Sascha sitzt im Krankenhaus an seinem Schreibtisch und schaut sich auf dem Computerbildschirm seine Zukunft an. Eine Garten-Maisonette-Wohnung an der Uferpromenade, wie es in der Überschrift heißt. Fünf Zimmer. Er wählt eine Nummer und erklärt der Maklerin, dass er Arzt und seine Frau Anwältin ist, um zu demonstrieren, dass sie „solvent" sind, denn das wird ausdrücklich im Immobilienexposé angegeben. Als ob jemand, der dies nicht ist, sich für

so eine Wohnung überhaupt melden würde. Er fragt nach einem Besichtigungstermin, verspricht, die letzten drei Einkommensnachweise und die Schufa-Auskunft mitzubringen und erwähnt noch, dass sie in einigen Monaten zu dritt sein werden. Er legt auf, sieht sich noch einmal die Bilder an und wählt dann neu.
„Schatz, ich habe eine Überraschung für dich."

Tobias hat ein Rechteck aus einem Umzugskarton geschnitten und mit Klebeband wieder daran befestigt, damit es sich wie eine Tür öffnen und schließen lässt. Über dieser Tür stehen die Worte *kleine Prinzessin*. Er hat zwei weitere Umzugskartons in der Wohnung gelassen, um sie der Kleinen zum Spielen zu geben. Vielleicht will sie sich auch ein Auto oder ein Flugzeug daraus basteln. Eine Kinderfantasie aus Pappe, die zeigt, wie einfach das Leben sein kann. Alle anderen Kartons hat er ausgeräumt. Auf dem Boden stehen jetzt nur noch die kleinen Pappschachteln mit seiner CD-Sammlung. Er holt sich einen Eistee, setzt sich vor die Schachteln auf den Boden und sieht sich jede einzelne CD an. Manche von ihnen legt er in seinen alten CD-Player, sucht nach einzelnen Liedern und findet Erinnerungen, die er wie Fäden verknüpft, so dass er am Ende einen Teppich zusammengewebt hat, dessen Muster einmal sein Leben gewesen ist. Sein Leben bis zu dem Zeitpunkt, an dem der Alkohol einen Riss in den Teppich schnitt, so dass seine Fäden getrennt wurden und er nach und nach zerfallen war. Mit all den Bildern in seinem Kopf setzt sich Tobias an seinen Schreibtisch und fängt an zu zeichnen. Er vermeidet es, auf sein Handy zu schauen, denn wenn es klingelt, wird er es hören. Und doch kann er sich kaum konzentrieren. Er steht gerade in der Küche und presst eine Zitrone aus, weil er den zuckerhaltigen Fertigeistee aus dem Supermarkt nicht mehr trinken will, als es klingelt. Bevor er abnimmt, sammelt er sich, weil er um die Wichtigkeit dieses Gespräches weiß.

Er begrüßt seine Frau bei ihrem Namen. Als Antwort erhält er nur ein kaltes „Hallo" zurück, ohne seinen Namen, denn den will sie scheinbar nicht mehr aussprechen. Wie ein Ding, das man nicht mehr beim Namen nennen will, um es für immer zu vergessen. Ein Tabu.

„Wie geht es dir?", fragt er.

„Gut. Du wolltest, dass ich dich zurückrufe."

„Ja. Ich wollte mit dir reden."

Tobias atmet ein, will ruhig sein in seiner Stimme, in seinem Ausdruck, in sich selbst, aber sie schneidet ihm die Luft ab.

„Es gibt nichts zu reden", sagt sie knapp.

Ein Luftanhalten, aber er hat mit dem Satz begonnen und führt ihn weiter aus. Er will es so, es gibt für ihn keinen anderen Weg.

„Darüber, was passiert ist", sagt er. „Darüber, dass

es nicht allein meine Schuld war."
Weil er seine Frau am anderen Ende nicht hören kann, kann er sie sehen. Wie sie dasteht, mit flacher Atmung, das Gesicht in harten Zügen erstarrt.
„Darüber reden wir nicht am Telefon", antwortet sie endlich.
„Wir werden darüber am Telefon reden müssen, ein Treffen willst du ja nicht."
Ihre Antwort kommt schnell.
„Dienstag um 15.30 Uhr beim Jugendamt. Dann reden wir."
„Was?"
Sie hat aufgelegt. Tobias öffnet den Kühlschrank und trinkt einen halben Liter Eistee leer.

Oktober

Ihr Atem fließt zwischen seinen Schulterblättern entlang. Es ist eine Angewohnheit seiner Frau, sich am Morgen zu Sascha hinzudrehen und die eine Hand unter ihr Kopfkissen, die andere um seine Hüfte zu legen. Von diesem Fließen zwischen seinen Schultern wacht er jeden Morgen auf. Er steht auf, putzt sich die Zähne unter der Dusche und zieht sich an. Beim Kaffeetrinken nimmt er sich vor, eine neue Thermoskanne zu kaufen, weil die jetzige den Kaffee kaum noch warm hält, dabei steht seine Frau nur eine halbe Stunde nach ihm auf.
Er fegt mit der Hand ein paar bunte Herbstblätter

von seiner Windschutzscheibe und fährt zur Arbeit ins Krankenhaus. Als er auf dem Parkplatz ankommt, wird er aus Ferne von einem Kollegen gegrüßt. Am Nachmittag kommt ein Patient zu ihm, den er schon kennt. Ein älterer Mann, kultiviert und ruhig in seiner Art, und schon seit längerem in den Kampf verstrickt, den er verlieren wird. Sascha ist gut darin, wenig von seiner Arbeit mit nach Hause zu nehmen. Und wenn, sind es oft die positiven Dinge. Der kleine, sechsjährige Kämpfer, der so viel Mut hatte und den Krebs besiegte, die Mutter, die Geschenke für die Geburtstage ihrer Kinder einpackte, die sie nicht mehr erleben würde. Diesen älteren Mann, der heute wieder in seinem Sprechzimmer erscheint, hat er von Anfang an im Kopf behalten, weil er der Inbegriff von Würde ist. Die Würde, die seinen Körper auch im Alter aufrecht hält, die klug in seinen Augen schimmert, und die Würde, die er seiner Frau gibt durch jedes einzelne Wort, das er an sie richtet und jede einzelne Bewegung, die er in ihre Richtung tut. Heute sitzt dieser Mann wieder vor ihm.

„Wie ist Ihre Einschätzung der Situation?“, will er wissen.

„So genau kann das niemand sagen, aber länger als ein paar Monate werden es nicht sein. Nicht wesentlich länger“, antwortet Sascha ihm.

„Aber es könnte wesentlich kürzer sein?“, fragt der Patient und seine Hand wandert an seinen dicken

Krawattenknoten, um ihn zu überprüfen.
„Das kann niemand voraussehen, aber ja, es könnte auch weniger sein", antwortet Sascha, dessen Hände ruhig auf dem Tisch ruhen, mit einem Kugelschreiber in der Hand.
Oft schauen Menschen in solchen Situationen auf ihre Hände, manche schauen auch zur Seite. Dieser Mann aber löst seine Hand vom Krawattenknoten und fährt mit ihr über die Tischkante und wieder zurück. Ganz in Ruhe. Dann blickte er Sascha in die Augen.
„Dr. Weber, was würden Sie machen?"
„Was meinen Sie?"
„In einem Jahr", sagt der Mann, „was kann man alles in einem Jahr machen?"
Sascha legt den Stift zur Seite.
„Schnappen Sie sich Ihre Frau und fahren Sie in den Urlaub. Kümmern Sie sich um Ihre Familie. Machen Sie, was Sie wollen. Hauptsache, Sie machen etwas Gutes."
„Ein Jahr", sagt der Mann. „So schnell kann etwas vorbei sein."
Sascha begleitet den Mann noch vor die Tür des Sprechzimmers, und irgendwie ist er berührt von seiner Art.
„Tun Sie, was immer Ihnen gut tut", wiederholt er seine Worte und sieht dem Mann nach.

Am Abend geht Sascha zu seinem Spind, nimmt das Namensschild von seinem Kittel ab und die beiden

Kugelschreiber aus der Tasche. Er legt alles in das obere Fach und zieht das Exposé für die Wohnung hervor, das er sich ausgedruckt hat. Es ist, als könne er sich und seine Frau dort auf dem Balkon sitzen und frühstücken sehen. Er stellt sich vor, wie er, der eher ein Frühaufsteher ist, sich seine Sportsachen anzieht und im Park laufen geht. Wenn er zurückkommt, hat seine Frau das Frühstück hergerichtet. Sascha würde Brötchen vom Bäcker mitbringen. Seine Frau züchtet Kräuter auf dem Balkon und sie hat eine Lichterkette aufgehängt, in deren Licht sie am Abend gerne ein Glas Wein zusammen trinken. Diese Bilder sind für Sascha real, wie eine Dokumentation ihres Lebens, obwohl es noch gar nicht so stattgefunden hat. Es ist keine Träumerei. Sascha ist sich sicher, dass es so sein wird.

Tobias schiebt einen Einkaufswagen, an dem das vordere linke Rad nicht richtig funktioniert, durch einen Supermarkt. Den Gang mit dem Alkohol will er umfahren, aber auf der einen Seite kommt er nicht vorbei, weil dort eine Palette ausgeladen wird und im anderen Gang stehen zwei Mütter, deren Kinder die kleinen Einkaufswagen herum schieben, die es extra für sie gibt. Also bleibt ihm nichts anderes übrig, als sich an den Kindern vorbei zu drängeln, zu warten, bis die Palette eingeräumt ist, oder aber durch den Gang mit dem Alkohol zu fahren. Er entscheidet sich für einen therapeutischen Schritt und biegt mit dem Wagen in Richtung Versuchung ab. Er korrigiert seinen Gedanken und schiebt vor das Wort *Versuchung* das Wort *frühere* ein. Beim Durchqueren des Ganges schaut er nicht nach rechts und links, sondern beobachtet das Vorderrad seines Einkaufswagens, wie es sich hin- und herdreht, völlig asynchron zu den drei anderen Rädern und scheinbar unabhängig vom Wagen und vom Rest seiner Welt. Er schiebt den Wagen nicht mit den Händen an, sondern hat die Ellbogen auf den Griff gelegt, so dass er ein wenig gebeugt geht. Dann doch ein Seitenblick, nur kurz, ganz kurz, und sofort danach konzentriert er sich wieder nur auf das Rad. Er ist am Ende des Ganges angekommen, bleibt stehen, sieht auf das Rad, das schräg steht, denkt an den Vogel, der eine Frau sucht und dreht um. Er schiebt seinen Wagen wieder durch den Gang, vorbei an Weinen und Whisky, an Bier und Schnaps. Bis zum Ende war er der Meinung gewesen, beim Trinken einen gewissen Stil zu haben, weil er Wein trank. Es ist doch nur Wein, sagte er sich immer wieder. Alkoholiker trinken harte Sachen. Vor einem Regal mit Rotwein bleibt er stehen, nimmt eine Weinflasche heraus, betrachtet das Etikett und stellt die Flasche zurück in das Regal. Dann schiebt er seinen Wagen davon, wieder mit den Ellbogen auf dem Griff. Wie ein Schlendern. Oder wie eine Heimlichtuerei.

Nach dem Mann war eine Künstlerin zu Sascha ins Sprechzimmer gekommen. Eine Frau, spröde, rau,

und in ihrer Direktheit faszinierend, die behauptet hatte, eine falsche Tür im Leben geöffnet zu haben. Dieser Ausspruch von ihr beschäftigt ihn auf der Heimfahrt. Er selbst hat nie eine falsche Tür genommen, sein Leben war von Anfang an geradlinig, so ist es noch heute und so soll es bleiben. Es war nicht so, dass er diesen Weg Punkt für Punkt durchgeplant hatte, aber er hatte einen gewissen Ehrgeiz an den Tag gelegt dort, wo ihm nicht einfach alles so zugefallen war. Er hatte sportliche Ziele entwickelt und war mit neunzehn Jahren seinen ersten Marathon gelaufen. Mit dem Volleyballspielen hörte er erst auf, als er ein Auslandssemester absolvierte. Und er hörte auch nur deshalb auf, weil er danach in eine andere Stadt zog und dort keinen adäquaten Verein fand. An einer Tür hatte sich Sascha nie abmühen müssen, um sie zu öffnen. Sie waren einfach da und er durchschritt sie, als ob sie vollautomatische Schiebetüren wären, durch die er einfach durchgehen konnte. Er würde zu gerne wissen, wie das Bild der Frau aussieht. Er stellt es sich vor, geradlinig und schlicht, und in Gedanken hängt er es in der neuen Wohnung über der Sitzlandschaft auf.
Als Sascha nach Hause kommt, macht er sich ein Bier auf und lauscht. Seine Frau steht unter der Dusche, er kann das Wasser rauschen hören. In der neuen Wohnung wird es eine Regendusche geben. Mit einer Duschtür, nicht mit einem lästigen Vorhang. Er ruft ein „Hallo" zu seiner Frau, aber sie

scheint ihn nicht zu hören, denn sie antwortet nicht. In der Küche liegt ein Katalog mit Möbeln, den er durchblättert. Seine Frau scheint einen langen Tag gehabt zu haben, denn sie duscht lange.
„Schatz?“, ruft er in Richtung Badezimmer.
Sie antwortet nicht.
„Schatz?“
Er geht ins Badezimmer. Am Spiegel rinnen Wassertropfen herunter und auch an der gekachelten Wand. Durch den Dampf kann er kaum etwas sehen. Er sagt ihren Namen, dann schiebt er den Vorhang zur Seite.

Tobias zeichnet, umringt von Skizzen, farbigen Zeichnungen und ganzen Abläufen von Bildern, die an seiner Wand hängen, damit das, was darauf ist, einen Zeitablauf und somit einen Sinn ergibt. Auf seinem Schreibtisch liegen inzwischen kleine Stapel von Papier, alle mit Zeichnungen oder Notizen, manche mit ganzen Absätzen. Die Zeichnungen haben die Blätter mit den Häusern, die am Anfang überall herumlagen, überlagert, auf den Fachbüchern stehen nun Pflanzen und eine Kaffeetasse mit Farbstiften. An schöne Häuser, die von großen Grünflächen umgeben sind, denkt er inzwischen kaum noch. Sein Traum hat sich verändert. Er findet in dieser kleinen Wohnung statt, er findet im Jetzt und Hier statt und er hat mit einem Leben in einem schönen Haus am Stadtrand nichts mehr zu tun. Der

Stadtrand ist Vergangenheit. Das Leben, das als teure Designertasse im Küchenschrank steht, das man zusammenfaltet, um es in den Kleiderschrank zu all den Hemden zu legen, deren Name sie so teuer macht, oder in das man sich setzt und den Motor startet, ist kleiner geworden, weil das Leben, das er jetzt führt, mehr Platz beansprucht. Das Leben, das nüchtern ist und klar, das aus den Zeichnungen besteht, an denen er jeden Tag arbeitet, aus Menschen, die er neu kennenlernt, aus Träumen, die er tatsächlich träumen will, weil es *sein* Traum ist und nicht einer, der aus einer gesellschaftlichen Norm heraus entstanden ist.

Er legt seinen Zeichenstift zur Seite, weil er noch den Kleiderschrank aufbauen und den Spiegel im Bad aufhängen will. Er hat jetzt zwei Teppiche in der Wohnung, einen unter dem Esstisch in der Küche, und einen ovalen, geflochtenen vor seinem Bett. Mit den Teppichen ist die Wohnung zu seiner geworden, sie haben ein Zuhause daraus gemacht. Warum es ausgerechnet die Teppiche waren und nicht das Sofa oder das Regal, bleibt ihm ein Rätsel.

Er will heute spanisch kochen. Ein Rezept, das er auf dem Cover einer Kochzeitschrift gesehen hat, während er in der Schlange an der Supermarktkette stand. Er liebt diese normalen, sich wiederholenden Dinge, weil sie ihm ein Gefühl der Sicherheit geben. Das Einkaufen, das Laufen gehen, das Kochen. Viel ist es nicht, aber er hält sich daran fest, weil es um sein Leben geht. Es sind kleine, erreichbare Ziele, die er sich gesetzt hat. Für das Laufen hat er sich einen Plan aus dem Internet herausgesucht, weil er bisher von Laufen keine Ahnung hatte. Er fing am Tag nach dem ersten Treffen mit Lisa an, nach diesem Plan zu trainieren und läuft seitdem jeden zweiten Tag.

Damals war aus Richtung der Skater dieser Mann gekommen und hatte auf dem Weg am Spielplatz vorbei einen Sprint bis zur Sitzbank unter der Kastanie gemacht. Seitdem Tobias diesen Mann gesehen hat, hat er ein Ziel vor Augen, das sich erreichen lässt. Die Regelmäßigkeit und die Disziplin halten ihn von Gedanken ab, die in seiner Wohnung manchmal von Wand zu Wand springen, wie einer dieser Gummibälle, die seine Tochter so liebt.

Am frühen Abend geht er mit seinem Zeichenblock im Park spazieren und setzt sich dann auf eine Bank, um die kleine Welt des Parks anzuschauen, denn es sind die Kleinigkeiten, die seinen Zeichnungen Leben einhauchen. Seinen Zeichnungen und seinem eigenen Leben. Er beobachtet einen Vogel, dem eine Feder aus seinem Gefieder absteht, als hätte er am Morgen keine Zeit gehabt, es zu richten. Ein Hund weicht respektvoll vor einer Gans zurück, und Kinder wirbeln Blätter auf. Und dann sieht er ihn, wie er wieder aus der Richtung der Skaterpipeline gelaufen kommt, so wie damals an dem Tag, als Tobias mit Lisa hier war. Tobias sieht sofort, dass es eine Veränderung gibt. Das Laufen an sich, die Bewegungen des Mannes haben sich verändert, das kann Tobias schon von weitem erkennen. Sein Blick heftet sich an ihn, die Hand mit dem Zeichenstift ruht still auf dem Papier, während der Mann näher kommt. Da ist eine Leere im Gesicht des Mannes entstanden, und sie scheint sich auf seinem Körper auszubreiten. All die Kraft, die Dynamik der Bewegung, die Tobias so fasziniert hatte, ist nicht mehr da. Der Mann bleibt stehen und sieht zur Bank unter der Kastanie hinüber. Tobias kann von seinem Platz aus das Gesicht des Mannes gut sehen, und seine Hand beginnt, den Stift schnell über das Papier zu bewegen, damit er zumindest die wichtigsten Linien nachzeichnen kann, bevor der Mann mit seinem Sprint beginnt. Aber das tut er nicht. Er steht einfach nur da und sieht zur Bank hinüber. Und dann, ganz langsam, senkt er seinen Kopf und blickt zu Boden. All das, was Tobias an ihm bewunderte und was er sich zum Vorbild genommen hatte, ist nicht mehr vorhanden, ist von einer unendlichen Leere verdrängt worden. Der Mann steht lange da, und Tobias zählt vier Herbstblätter, die ihm vor die Füße fallen, ohne dass er sich bewegt. Es ist die Beobachtung eines Stillstandes. Als habe jemand das Leben des Mannes angehalten. Doch das Leben im Park bewegt sich weiter in seiner normalen Geschwindigkeit. Und während dies geschieht, fällt auch Tobias aus der Zeit heraus, denn er sieht den Mann in seinem Stillstand und die Welt in ihrem Weiterdrehen wie jemand, der dazwischen steckt, zwischen dem Normalen und dem, was mit dem aus der Zeit gekippten Mann geschieht. Er will ihn zeichnen, aber es geht nicht, seine Hand schwebt über dem Papier und Tobias kann die Veränderung nicht zeichnen, die gerade geschieht. Es ist, als würden sich einzelne kleine Teilchen von dem Mann trennen, würden davonfliegen wie Aschefetzen von etwas Verbranntem, das noch die äußere Form von dem hat, was es einmal war. Alles verändert sich in diesen Momenten des Stillstands, und dann, ganz plötzlich, kann Tobias wieder die Geräusche des Parks hören, er kann seine Hand wieder bewegen und beginnt, die ersten Linien der Auflösung zu zeichnen. Doch da hebt der Mann den Kopf, sieht noch einmal zur Bank unter der Kastanie und geht fort.

November

Tobias hält es für ein gutes Zeichen, in Bildern denken zu können, sie sogar zu sehen. Als ob man ein Transparentpapier über das Bild der Realität legen würde und darauf etwas Zusätzliches zeichnet. Das zeigt ihm, dass er kreativ ist, dass er Ideen hat. Jetzt gerade sieht er seine Frau auf der anderen Seite eines Tisches sitzen, und im Kopf malt er einen Stacheldrahtzaun auf den Tisch, den seine Frau dort ausgebreitet hat. Er zeichnet noch ein paar Kanonen auf den Tisch, die alle auf ihn gerichtet sind. Aber diese Bilder verschwinden schnell wieder aus seinem Kopf. Links von ihm sitzt die Vermittlerin vom Jugendamt.

„Es gab einen Vorfall. Können Sie mir erklären, was genau passiert ist?“, fragt sie.

Tobias ist auf diese Frage vorbereitet, denn das, was geschehen ist, spielt sich wieder und wieder in seinem Kopf ab. Im Entzug konnte er am Anfang kaum darüber sprechen, also ließ ihn der Psychiater in der Klinik den Vorfall aufschreiben. Tobias hatte tagelang vor dem Blatt Papier gesessen, und es war leer geblieben. Zwei Wochen später hatte der Psychiater ihm vorgeschlagen, es zu zeichnen. Und das tat Tobias. Am Anfang zeichnete er sich und seine Tochter aus einer Perspektive so, dass Lisas Gesicht nicht zu sehen war und auch seines nicht, weil Lisa sich davor befand, sicher in seinen Händen. Weiter kam Tobias nicht, aber er wusste, er musste das Bild wie einen Film immer weiter zeichnen, und so drehte er nach und nach den Blickwinkel um ein kleines Stück und die Zeit nach vorne. Er zeichnete Bild für Bild, wie er seine Tochter hochgehoben und sie nach oben in die Luft geworfen hatte. Wie oft hatten sie dieses Spiel gespielt, weil Lisa es so sehr geliebt hatte. Er zeichnete ihr Lachen in der Luft, umrahmt von ihrem fliegenden Zopf, die Augen auf ihn gerichtet in dem Wissen, er würde sie sicher wieder auffangen.

Von Bild zu Bild drehte er den Blickwinkel weiter, so dass das Bild in dem Moment, in dem sich das Lachen in ein maßloses Erschrecken veränderte, ihr Gesicht zeigte. Dann hatte er den Moment noch ein zweites Mal gezeichnet, aus einer Perspektive heraus, aus der sein Gesicht zu sehen war. Und dann hatte er ein drittes und ein viertes Bild gemalt.
„Es gab einen Unfall", antwortet Tobias der Vermittlerin. „Ich habe unsere Tochter hoch geworfen und aufgefangen. Sie mochte das damals gerne. Es war eins ihrer Lieblingsspiele. Ich-"
„Er hat sie fallen lassen", unterbricht seine Frau ihn.
Die Vermittlerin sieht Tobias Frau streng an und blickt dann wieder zu Tobias.
„Was ist passiert?"
Tobias denkt an die Bilder, damit er weiß, er kann darüber sprechen, denn er hat es gezeichnet. Er weiß, er wird über das dritte Bild sprechen.
„Es hat einen Unfall gegeben. Ich habe ... ich habe sie nicht richtig zu fassen bekommen ... sie ist auf den Boden gefallen und hat sich ein Bein und den Arm gebrochen. Ich habe sie ins Krankenhaus gebracht. Und dort hat man dann festgestellt, dass ich betrunken war."
Das dritte Bild, auf dem er und Lisa wie eine Spiegelung in einem Glas Wein zu sehen sind.
Die Vermittlerin wendet sich an Tobias Frau.
„Und wo waren Sie zu der Zeit?"
„Ich habe geschlafen."

„Was machen Sie beruflich?"
„Ich arbeite bei einer Kunststiftung."
„Und Sie, Tobias?"
„Ich bin Architekt. Ich arbeite in einem kleinen Architekturbüro und habe einen regelmäßigen Tagesablauf."
Die Vermittlerin schaut in der Akte etwas nach.
„Ich habe eine kleine Wohnung und ich gehe regelmäßig zu den Treffen der Anonymen Alkoholiker. Jeden zweiten Tag gehe ich laufen und ich lerne gerade kochen."
„Das klingt alles gut", sagt die Vermittlerin, „aber dennoch denke ich, dass es unter diesen Umständen erst einmal beim alleinigen Sorgerecht bleiben sollte, bis Sie wieder voll integriert sind."
„Ich bin voll integriert. Es geht mir gut."
Die Vermittlerin bleibt ruhig und professionell.
„Sie sind gerade erst aus dem Entzug gekommen. Es geht hier nicht um Sie, sondern um Ihre Tochter und was das Beste für sie ist."
Tobias sieht die Mundwinkel seiner Frau zucken, ein winziges, triumphierendes Lächeln. Er denkt an das vierte Bild, das er gemalt hat und auf dem weder er noch seine Tochter zu sehen sind. Im Entzug hat er gelernt, nicht mehr wütend zu sein, denn Wut ist eine dunkle Farbe. Aber die Wahrheit kann auch sehr dunkel sein.
„Sie hat geschlafen", sagt Tobias und blickt auf seine Hände.

„Ja, das sagte Ihre Frau bereits." Die Vermittlerin sieht ihn an, das kann er aus dem Blickwinkel erkennen. Seine Frau will er nicht sehen, aber er kann sie spüren, dort, auf der anderen Seite des Tisches, wo sich die Haltung ändert, wo eine Verzweiflung aufkommt und eine Wut, die rasend sein wird. Er kennt diese Wut nur zu gut.
„Meine Frau", sagt er. „Sie war da, als ich nach Hause kam. Sonst niemand. Sie hat geschlafen, und sie ist nicht aufgewacht."
„Das ist nicht wahr!" Seine Frau stößt mit den Händen an den Tisch und baut sich auf.
Tobias atmet, wie er es im Entzug gelernt hat. Atmen, wenn die Wut kommt, atmen, wenn die Angst kommt, atmen, wenn die Verzweiflung kommt. Atmen, um den Zustand der Ruhe herbeizuholen. Er hat das tausendfach geübt im Entzug.
„Wissen Sie", sagt er, „ich bin hier nicht der einzige mit einem Abhängigkeitsproblem."
„Das ist lächerlich!" Der Körper seiner Frau dreht sich zu der Vermittlerin. „Das ist nicht wahr."
Die Ruhe einatmen, tausendfach geübt, er weiß, dass er es kann.
„Das ist lächerlich?" Jetzt sieht Tobias auf. „Was daran ist lächerlich? Dass du ohne deine Schlaftabletten nicht mehr leben kannst und so dermaßen vollgedröhnt damit warst, dass du unsere Tochter nicht gehört hast? Sie hat geschrien vor Schmerzen!"
„Weil du sie auf den Boden geworfen hast!", schreit

seine Frau ihn an.
„Es war ein Unfall!“ Er merkt, dass seine Stimme brüchig wird. „Ich bin nach Hause gekommen und du warst im Koma. Du hast sie alleine gelassen. Sie war vier! Und du willst dich um sie kümmern? Du kannst dich doch nicht mal um dich selbst kümmern!“
„Und du meinst, du kannst dich um sie kümmern? Nur weil du in einer Klinik warst, bist du jetzt ein neuer Mensch? Du bietest doch keinerlei Sicherheit, du hast ja nicht mal eine volle Stelle, und wer weiß, ob du wirklich mit dem Trinken aufgehört hast. Du könntest jederzeit rückfällig werden!“
Sie dreht sich noch mehr zur Vermittlerin um, legt die Hände und die Unterarme in ihre Richtung auf den Tisch.
„Meine Tochter hat bei uns alles, was sie braucht. Ein Haus und Menschen, die sich um sie kümmern.“
„Und, hast du ihr zum Geburtstag einen Hund versprochen?“ Tobias wollte nicht so klingen, aber er kann die Härte in seiner Stimme, etwas unterschwellig Böses, nicht vermeiden.
„Okay, beruhigen Sie sich“, sagt die Vermittlerin.
„Und wer ist überhaupt *wir*?“, will Tobias wissen.
„Sie sind neu liiert?“, fragt die Vermittlerin.
„So neu ist das nicht. Und er bietet alles, was Lisa braucht. Und er trinkt nicht.“
„Kenne ich ihn?“ Tobias lehnt sich vor und als Gegenbewegung geht sie zurück.

„Mehr fällt dir dazu nicht ein?"

Tobias will sie so nicht gehen lassen und läuft seiner Frau über den Parkplatz hinterher.
„Ist es der Typ aus der Galerie?", ruft er ihr zu, noch bevor er sie erreicht hat.
„Das geht dich nichts an!"
„Also ja!"
Sie dreht sich um, läuft ihm in ihrer Wut sogar ein paar Schritte entgegen.
„Wie konnte aus dir so etwas werden. Sieh dich doch mal an!"
„Was passt dir daran nicht? Nur weil ich keine Anzüge mehr trage? Trägt er Anzüge?"
„Ja, tut er!" Sie steigt in ihr Auto.
„Unter einem guten Anzug treibst du es nicht, oder? Das ist unter deinem Niveau!"
Er schlägt mit der Faust an ihr Fenster, als sie davon fährt. Da ist kein Atem mehr in ihm, der die Wut abebben lassen könnte. Aber etwas muss er dagegen tun, das weiß er. Er fährt in den Supermarkt und läuft gezielt zum Weinregal.

Am Abend ist Sascha wieder zum asiatischen Restaurant gegangen, das sich gegenüber des Eingangs zum Park befindet. Dort holt er oft etwas zum Essen. Seit einiger Zeit sieht er manchmal ein kleines Mädchen dort auf der Straße spielen, und das lässt ihn an früher denken, an seine eigene Kindheit, die er seiner Erinnerung nach auf der Straße und auf Bäumen verbracht hat. Das kleine Mädchen springt mit einem Springseil. Das Bild tut ihm weh. Er geht hinein und bestellt. Seine Tage ziehen an ihm vorbei. Aufstehen, zur Arbeit fahren, etwas essen, heimfahren, laufen, duschen und schlafen. Zumindest der Versuch, Schlaf zu finden. Er isst nie im Restaurant, weil er sich dort alleine vorkommt. Darüber denkt er in der letzten Zeit oft nach. Und ihm fällt auf, dass er die Einsamkeit früher nie gesehen hat. Es gibt Situationen, die betrachtet er nun unter einem neuen Blickwinkel. Er erinnert sich an die Malerin, die vor wenigen Tagen bei ihm angerufen hatte und ihre Ergebnisse wissen wollte. Diese starke Frau. Er wollte ihr am Telefon nicht sagen, dass ihre Ergebnisse positiv waren, weil sie sich in einem fahrenden Auto befunden hatte, das konnte er hören. Aber sie hatte darauf bestanden. Es gab gute Chancen für sie, aber ihm schien, dass es ihr gar nicht um ihre Erkrankung ging, sondern dass es da etwas ganz anderes in ihrem Leben gab, das sie beschäftigte. Damals hatte er nicht darüber nachgedacht, aber als er auf einer Litfaßsäule das Plakat für eine Ausstellung gesehen hatte, war sie ihm wieder in den Sinn gekommen. Mit seinen Patienten spricht er manchmal über unerledigte Dinge, denn auch wenn er an die Fakten und Möglichkeiten der Schulmedizin glaubt, so weiß er doch um den Anteil der Seele, wenn es um den Kampf ums Leben geht. Trotzdem ist er für eine klare Trennung zwischen den Dingen. Er trennt Berufliches und Privates, und er trennt die privaten Belange seiner Patienten von der Schulmedizin, die er für sie einsetzt.

Dezember

Jemand hat dem Baum im Zimmer der Anonymen Alkoholiker ein paar Christbaumkugeln angehängt. Immerhin sehen die Strohsterne schön aus, die im Fenster hängen. Auf dem Rückweg vom Treffen will Tobias noch in die Stadt und ein wenig Weihnachtsschmuck kaufen, weil er die Weihnachtszeit nicht völlig boykottieren will, und auch, weil er das Gefühl von früher wiederhaben will, von damals, als er den Alkoholkonsum unter Kontrolle hatte und die Weihnachtszeit eine Familienzeit war. Auch das ist eine Art Zielsetzung: Gefühle von früher wieder zu erlangen, ohne dass sie schmerzen. Auf dem Weg nach Hause durchquert er einen kleinen Stadtpark und sieht ein Kind beim Entenjagen. Genau das ist so ein Moment, ein Moment, den er von früher kennt und von dem er nicht will, dass er schmerzhaft ist, weil er ihn verspielt hat, sondern von dem er will, dass er wiederkommt, aber in einer neuen, nüchternen Art. Tobias will nicht zurückdenken, und so nimmt er sich vor, nächste Woche mit Lisa hierher zu kommen, nicht, um zu wiederholen, was er früher einmal mit ihr erlebt hat, sondern um jetzt

mit ihr zusammen zu sein. Um einen Anker in der Gegenwart zu setzen.
Am Küchentisch packt er Strohsterne und rote Kugeln aus, dazu vier breite Kerzen und zwei Teelichthalter. Er lässt seinen Blick durch sein kleines Reich schweifen, das so anders ist als das Haus, in dem er mit seiner Frau gelebt hat. Hier ist nichts perfekt und es ist nicht innerhalb einer Woche entstanden. Es ist etwas, das entstanden und gewachsen ist im Lauf der letzten Monate, das echt und natürlich ist. Er stellt einen der Teelichthalter in das Regal vor die Bücher und zündet das Teelicht darin an. Die Sterne hängt er in die Fenster und die Kerzen stellt er in einer Reihe auf den Tisch. Morgen ist Samstag und er will sich einen Weihnachtsbaum kaufen, irgendwo müssen schließlich auch die Kugeln hin.
In den letzten Wochen hat er oft mit seinen Eltern telefoniert und auch mit seinem Bruder. Mit ihm war es schwieriger. Sein Bruder hat heute Geburtstag und so ruft er ihn an, um ihn zu fragen, wie es ihm geht und ihm alles Gute zu wünschen.
„Danke", sagt sein Bruder. „Und, wie geht es dir?"
„Auch gut, Danke."
„Und Lisa? Wie geht es ihr?"
„Gut, es geht ihr gut. Ich sehe sie jetzt regelmäßig."
„Schön, das klingt gut."
„Und wie geht es deinen Kindern?"
„Auch gut, alles soweit beim alten."
Tobias und sein Bruder wissen beide, dass das Ge-

spräch so weiter gehen wird. Es werden noch ein paar Fragen gestellt und so wie immer beantwortet. Es gibt wenig Neues, alles ist beim alten, allen geht es gut, über Kleinigkeiten wie das neue Riesenkaninchen, das sein Bruder seinem Sohn geschenkt hat, wird lange gesprochen, weil es ein unverfängliches Thema ist.

„Wie geht es der Mutter?“, fragt Tobias.

„Es geht ihr gut“, antwortet sein Bruder.

Normalerweise ist das der Punkt, an dem beide ihre Fragen gestellt, ihre Antworten gegeben haben und das Gespräch beenden. Es sind einfache Fragen, auf die es einfache Antworten gibt. Fragen, deren Antworten schwieriger zu finden wären, stellen sie sich nicht. Die Frage nach dem Warum des Trinkens zum Beispiel. Wie hat es angefangen, warum hat es angefangen, wann? Im Entzug hat Tobias viel darüber nachgedacht und gesprochen. Seit er in der Klinik war, stellt sich Tobias immer wieder die Frage, warum er mit dem Trinken angefangen hat und nicht auch sein Bruder. Wie konnte sein Bruder so einfach die Kindheit und die Jugend verlassen, einfach so in eine Tischlerlehre hinein gleiten, eine Familie gründen und jetzt in einem Dorf zufrieden sein? Es gibt darauf eine Antwort, die vieles zu entschuldigen scheint. Sie lautet: Fünfzig Prozent. Denn das ist die Quote für einen erblich weitergegebenen Alkoholismus. Aber Tobias kommen diese fünfzig Prozent inzwischen vor wie eine Ausrede. Er will sich nicht darauf beschränken, weil er sonst nicht dagegen ankämpfen kann, weil diese fünfzig Prozent eine genetische Tatsache sind, die er nicht ändern kann. In der Klinik hat er darüber gesprochen, wie es war, als sein Vater noch bei ihnen gelebt hat und Tobias seinem Bruder ein Buch vorgelesen hat, während der Vater betrunken auf dem Boden lag und die Mutter arbeiten war. Er hat viele von diesen Erinnerungen und er wollte nie so werden, wie sein Vater. Irgendwann packte seine Mutter die Koffer und zog mit ihren beiden Söhnen zu ihren Eltern zurück in ein Dorf. Das Leben mit seinem Vater wurde durch eine Kindheit ersetzt, in der er und sein Bruder barfuß liefen, dem Großvater in der Werkstatt zuschauen durften und ihrer Mutter einen eingefangenen Frosch in einem Topf versteckten.

„Ich habe mir Weihnachtsschmuck gekauft", sagt Tobias plötzlich.

„Oh, das ist schön. Das freut mich", antwortet sein Bruder und er meint es ehrlich.

„Ich habe Kugeln gekauft. Aber ich habe gar keinen Baum. Ich würde ihn auch nicht so schön hinbekommen wie bei euch."

„Naja", sagt sein Bruder, „das macht meine Frau mit den Kindern. Ich bin da nicht so dran beteiligt."

Eine Stille entsteht zwischen den beiden Brüdern, eine, die nicht leer ist, sondern eine, in der etwas entsteht.

„Meine Wohnung sieht jetzt ganz anders aus", sagt

Tobias. „Ganz klein und irgendwie gar nicht so klar und geradlinig wie früher."
Es ist, als werden Fäden zwischen ihren Leben neu gesponnen.
„Also keine Designerwohnung mehr?"
„Nee", antwortet Tobias. „Ikea und so."
„Brauchst du einen Baum? Wir haben viel zu viel von dem Grünzeug hier. So einen Gummibaum?"
Tobias lacht. „So einer steht immer bei den AA-Treffen in einer Ecke."
„Oh, okay, dann vielleicht nicht. Wir hätten auch eine Palme."
„Palme klingt gut."
Wieder eine Stille, weil beide darüber nachdenken, was gerade gesagt wurde und dass es eine Folge haben muss, wenn es nicht einfach so dahingesagt bleiben soll.
„Ich kann sie dir gerne vorbeibringen, wenn ich das nächste Mal in der Stadt bin", sagt sein Bruder.
Tobias greift sachte nach dem Faden. Und es tut gut, ihn in seiner Hand zu spüren.

Sascha hört das Lachen, das sich über den Empfang der Klinik ausbreitet, schon von weitem, weil es laut und frei ist. Als er am Empfang ankommt, stehen ein paar Kollegen um einen kleinen Weihnachtsmann herum, der auf dem Tresen steht und mit seinem Hinterteil wackelt. Eine lustige Bewegung, aber doch eine, die immer wieder gleich ist, die vorpro-

grammiert ist. Sascha wird gefragt, ob er auch zur Weihnachtsfeier kommt und er antwortet ganz automatisch mit einem „Ja". Er sieht den Blick eines Kollegen und auch einiger Krankenschwestern. Sie sehen ihn seit Wochen mit diesem Blick an. Erst nur wenige, dann immer mehr, weil es weitererzählt wird. Sie wissen, dass etwas geschehen ist.
Er fährt durch die Stadt, aber die Straßen sind mit Autos verstopft. Als zufällig ein Auto direkt vor ihm aus einem Parkplatz fährt, stellt Sascha sein Auto dorthin und steigt aus. Er geht durch die weihnachtlich geschmückten Straßen, vorbei an Glühweinständen und an Schaufenstern. Ein kleiner Buchladen hat einen Weihnachtsmann in der Auslage stehen, der die Arme und den Kopf bewegt. Sascha sieht seine Augen, die wie die des Weihnachtsmannes in der Klinik starr sind. Vorprogrammierte, tote Bewegungen. Eine Hülle, ohne Leben, die sich doch bewegt.

Irgendjemandem muss Tobias sein Ergebnis zeigen, aber er weiß nicht, wem, und so nimmt er die Zeichnungen in einer Mappe mit zu den Anonymen Alkoholikern. Der Gruppenleiter begrüßt die Anwesenden, wie er es immer tut.
„Wer möchte heute anfangen?"
Tobias will nicht anfangen, weil er seine Angst vor den Reaktionen der anderen noch nicht bekämpft hat, und so nimmt das Treffen seinen normalen

Lauf. Der Gruppenleiter bedankt sich bei einem Teilnehmer für seine Offenheit und sagt ihm, dass er gute Fortschritte macht. Tobias ist nie das Bild der amerikanischen Filme losgeworden, in denen diese Treffen gezeigt wurden. Das kollektive Bedanken nach dem Beitrag eines Gruppenmitgliedes. Er will nichts Kollektives, er will Ehrlichkeit.
„Ich möchte euch heute etwas zeigen", sagt er und ist dann still.
„Was möchtest du uns denn zeigen?" Der Gruppenleiter sieht ihn freundlich an.
Tobias öffnet die Mappe und hält das erste Bild hoch. Er schaut in die Gesichter im Kreis, sucht nach Reaktionen, versucht, Blicke zu deuten. Oberkörper werden nach vorne gelehnt, Brillen aufgesetzt oder abgenommen. Der erste Stuhl scharrt beim dritten Bild über den Boden, es folgen weitere, um eine bessere Sicht zu haben.
„Willst du uns auch die Geschichte erzählen?", fragt der Gruppenleiter, und am Anfang tut Tobias sich schwer damit. Aber dann sieht er ein Lächeln in dem ein oder anderen Gesicht, die Enden von Brillenbügeln werden konzentriert in den Mund genommen, es wird gelacht. Tobias zeigt das Bild, auf dem Humpumpus ein Schloss baut. Ein Schloss mit Fensterläden, an dessen Fassade der Vogel eine Leiter gelehnt hat und mit einem Farbeimer darauf hochklettert, danach zeigt er das Bild, auf dem der Vogel am Morgen vor dem Spiegel steht und eine Feder,

die aus seinem Federkleid heraussticht, nicht in den Griff bekommt.
Als er zu Hause ankommt, denkt er über die letzten Monate nach. Er steht morgens auf, arbeitet im Büro, zeichnet an seinem Bilderbuch, geht zu den Treffen, zeichnet, kocht, zeichnet, läuft durch den Park spazieren, zeichnet. Und die Treffen mit seiner Tochter. Alle Menschen müssen um etwas kämpfen, denkt er. Seine Frau, er selbst, alle. Sie hat zugestimmt, dass er Lisa regelmäßig sehen darf. Er streicht über seine Zeichnungen. Am nächsten Tag geht er in einen kleinen Buchladen, in dessen Schaufenster er viele Kinderbücher gesehen hat. Er nimmt einige davon in die Hand und durchblättert sie. Und er merkt sich die Namen der Verlage, denn er hat einen Plan. Auf dem Rückweg kauft er sich einen kleinen Weihnachtsbaum, weil die Kugeln immer noch auf dem Küchentisch liegen. Er hängt sie und ein paar Sterne an den Baum und stellt ihn auf einen kleinen Tisch. Im Internet sucht er nach einem Rezept, das er an Heiligabend für sich kochen will. Es klingelt an der Tür und der Postbote drückt ihm ein kleines Päckchen in die Hand. Als er es öffnet, findet er darin eine Karte von seinem Bruder und selbstgebastelte Sterne, die er an seinen Weihnachtsbaum hängt.

Sascha hat sich über Weihnachten so viele Tage wie möglich frei genommen. Das Bild der leeren Hülle begleitet ihn mehr und mehr und lässt ihn nicht mehr los. Jedes Lachen eines Kollegen, jedes Weihnachtslied in einem Kaufhaus, jede Melodie eines Straßenmusikers lässt die Leere in ihm erzittern. Die Leere, die seine Frau zurückgelassen hat. An Heiligabend zieht er sich seine Laufsachen an und geht im Park joggen. Es sind nur wenig Menschen unterwegs, er hört seinen Atem und seine Schritte auf dem Boden. Das Wetter ist feucht und kalt, im Fernsehen haben sie gesagt es wird keinen Schnee geben. Er bleibt stehen und sieht durch den Park. Ganz leise kann er den feinen Regen hören, der auf die Blätter der Bäume fällt. Seine Einsamkeit ist nicht leise, aber trotzdem nur für ihn wahrnehmbar. Sie ist zu einem Ton angewachsen, der ihn wie ein Tinnitus ständig begleitet.

Und dann ist er da, der Heiligabend, und Tobias geht es gut. Es geht ihm gut mit der Entscheidung, nicht mit Lisa zu telefonieren, es sei denn, sie will es an dem Abend so. Er kocht fast zwei Stunden, während er sich im Fernsehen einen Weihnachtsfilm anschaut. In wenigen Tagen wird er zu seinem Bruder fahren und Silvester bei ihm verbringen. Silvester, der Anfang des neuen Jahres. Die Vorstellung gefällt ihm.

Januar

Der Januar beginnt nass, weil es fast ständig regnet. Und weil Tobias das Buch fertig hat und immer noch nicht voll arbeitet, hat er Zeit. Bei den großen Verlagen will er es erst gar nicht versuchen, aber er hat viele kleine Kinderbuchverlage angeschrieben und ihnen einige seiner Bilder und die Geschichte mitgeschickt. Jetzt, da er etwas Zeit hat, zeichnet er auch wieder Häuser, aber es gefällt ihm nicht. Er hatte früher die Vorstellung gehabt, interessante architektonische Gebäude zu entwickeln, aber alles, was er später dann entwarf, waren Luxusimmobilien, in denen genauso gelebt und geschlafen wurde, wie in einer normalen Wohnung, nur auf mehr Platz. Wollte er das? Wollte er wirklich weiter Häuser zeichnen? Seinen Tag mit „Eltern“, „Kind 1“, „Kind 2“, „Badezimmer“ und „Küche“ verbringen? Er kann sich selbst die Frage beantworten, weil er jetzt nicht mehr in so einem Haus wohnt, bei dem zu den üblichen Zimmern noch eine Loggia, ein Wintergarten und eine zweite Garage dazugehören und in denen die Küche so groß ist wie das Wohnzimmer anderer Menschen. Er will lieber Gärten haben, in denen ein Haus steht, er will lieber alte Gebäude sanieren, er will Freiräume, die nicht durch Geld eingeschränkt werden, weil Geld so oft die Kreativität tötet. Im Internet sucht er nach dem Wort „Denkmalschutz“ und beginnt, seinem neuen Leben einen Plan zu geben.

Sascha hat das Exposé wiedergefunden. Es war im Spind nach hinten gerutscht und er hatte nicht mehr

daran gedacht. Jetzt hält er es in der Hand und schiebt es schnell wieder in den Spind, als ein Kollege in den Raum kommt, dessen Schicht gleich anfängt.
Zuhause angekommen setzt er sich, ohne das Licht anzumachen, auf die Couch. Regen rinnt am Fenster herunter. Das tut er schon den ganzen Januar. Sascha sieht den Regentropfen dabei zu, wie sie aus dem Himmel herunterfallen, auf seiner Fensterscheibe landen und herab rutschen. Der Januar endet nass, aber das ist Sascha völlig egal.

Februar

Es ist nicht Disziplin, die Sascha früh aufstehen lässt, sondern die Schlaflosigkeit. Die Routine, die er an den Tag legt, hilft ihm dabei, nicht nachdenken zu müssen. Dabei weiß er, dass er irgendwann darüber sprechen muss, weil es etwas Natürliches ist, weil es bei der Heilung hilft, aber noch ist da einfach nur eine Leere.
Er zieht sich die Schuhe an und betritt die Straße. Es ist fünf Uhr am Morgen und es ist kalt. Er geht Richtung Park, und weil es noch so früh am Morgen ist, will er die große Runde um den Teich laufen. Ein paar Schwäne sehen auf, als er an ihnen vorbei läuft. In ein paar Stunden wird es hier nicht mehr so ruhig sein, denn dann werden die Kinder auf dem Spielplatz sein und die Hundebesitzer werden sich auf

der großen Wiese treffen, die Hände in den Taschen vergraben, während die Hunde um sie herumtollen, oder die Allee auf der anderen Seite des Sees entlanglaufen. Dorthin ist Sascha nun unterwegs, er läuft über einen Weg, sieht beim Laufen auf seine Füße, hört seine Schuhe hart aufkommen und seinen Atem, der nicht so leicht geht, wie er es früher getan hat. Das macht Sascha wütend. Der Gedanke an früher, an die Leichtigkeit, die seine Schritte hatten, an die Aufmerksamkeit, die er genossen hat, an das Leben, das geplant verlaufen war. Er spürt seine Füße, wie sie in den Boden treten, wie sie die Wut in sich aufnehmen, die sich in ihm angestaut hat. Er läuft durch die Allee hindurch und sieht auf. Er kann das Ende mit der offenen Wiese in der Schwärze des Morgens noch nicht erkennen. Um ihn herum ist alles dunkel. Der Takt seiner Schritte erhöht sich, seine Bewegungen werden präziser, und nach etwa fünfzig Metern bricht ein Schreien aus ihm heraus, das auch nicht aufhört, als er aus der Allee herausgerannt kommt und anhält. Er schreit in die Dunkelheit der Welt, dann ballt er seine Hand zur Faust und schlägt sich immer wieder auf das Herz, so lange, bis er endlich einen körperlichen Schmerz fühlt. Es dauert, bis sich sein Atem beruhigt, und so beugt er sich vor, die Hände auf seine Knie gestützt und wartet. In die Stille, die ihn an diesem frühen Morgen im Winter umgibt, kommt ein Geräusch herunter und landet neben ihm auf dem Boden. Es kommt beinahe ohne Vorwarnung. Sascha richtet sich auf und kann die Schneeflocken hören, die auf der gefrorenen Erde aufkommen.

Lisa steht auf dem Spielplatz und fängt mit der Zunge Schneeflocken. Ein Bild, das in seiner Vorhersehbarkeit und Banalität beruhigend ist. Sie will durch den Schnee rennen und so spaziert Tobias mit ihr durch den Park und ist froh, sich selbst bei der Kälte bewegen zu können. Die Gespräche mit seiner Frau sind schwierig und finden nur im Beisein eines Anwalts statt. Er hat die Scheidungspapiere unterschrieben und damit fast allem zugestimmt, was seine Frau gefordert hat. Sie bekommt die Hälfte des Hauses und die Möbel darin. Sie lösen Versicherungen auf und sie hat zugestimmt, dass er Lisa ohne Aufsicht sehen darf, wenn er regelmäßig zu den Anonymen Alkoholikern geht und zulässt, dass das Jugendamt hin und wieder bei ihm zu Hause vorbeischaut.

Der Wintertraum dauert nur eine Woche. Eine Woche, in der er auch ohne Lisa oft im Park ist, weil er das Leben beobachten will. Als der Schneezauber vorbei ist, sitzt Tobias viel am Computer, schreibt Bewerbungen und digitalisiert seine Bilderbuchgeschichte. Er will sie zu einem Buch binden lassen, das er Lisa schenken will.

Er macht sich einen Kaffee und schaut aus dem Fenster auf die Straße herunter. Er fühlt sich jetzt als

Teil dieser Welt, als Teil dieser Bewegungen, die überall um ihn herum geschehen. Er weiß, ein Teil von ihm wird immer so bleiben, wie er war und jetzt ist, denn er wird immer ein ehemaliger Alkoholiker bleiben. Das ist ein Fakt, der sich nicht bewegen, nicht leugnen oder vergessen lässt, und es wird ein Kampf bis zum Ende bleiben. Tobias hat das akzeptiert.

März

Sie sind gelb und haben die Form eines Sterns, aber Sascha weiß nicht, wie die Blumen heißen, die er beinahe zertritt, als er in sein Auto einsteigen will. Er fährt los, und als er an einer Ampel in der Innenstadt anhalten muss, lässt er seinen Blick schweifen. Überall auf den Grünstreifen sieht er die ersten Frühlingsblumen blühen. Er bemerkt, dass ihm warm ist und er öffnet seinen Mantel. Auch auf dem Parkplatz des Krankenhauses entdeckt er blühende Blumen, die ihm vorher nie aufgefallen sind. Das Leben ist scheinbar weitergegangen, hatte sich im Winter zurückgezogen und kommt nun wieder durch die Erde. Er selbst kommt sich vor, als würde er immer noch schlafen. Schlaf, des Todes kleiner Bruder. Auf der Theke des Empfangs steht eine Vase mit Blumen und an der Wand hinter einer Sitzgruppe im Foyer hängt ein Bild mit einem Stillleben blühender Rosen. Die immerhin erkennt er. Er weiß auch, dass das Bild schon seit Jahren dort hängt, aber hätte man ihn gefragt, was darauf zu sehen sei, er hätte es nicht gewusst. Bis jetzt.

Er geht in den dritten Stock hinauf und zieht sich um. Er hat heute eine Operation, etwas Einfaches, das aus reiner Routine besteht. Es ist eine Bewegung, die er schon tausendfach ausgeführt hat, aber dieses Mal greift Sascha nicht richtig zu und lässt das Skalpell fallen, das ihm die OP-Schwester in die Hand gegeben hat.

„Hoppla! Was ist los mit dir?“, fragt ein Kollege.

„Nichts, alles okay.“

„Wann warst du eigentlich das letzte Mal im Urlaub? Kann mich nicht erinnern.“ Der Kollege sieht ihn an.

„Ich war noch nicht dieses Jahr.“

„Und letztes Jahr?“

„Ist schon eine Weile her“, antwortet Sascha.

Sascha will, dass dieses Gespräch nicht weitergeht, weil er solchen Gedanken nicht folgen kann. Er braucht die Arbeit und die Routine, er braucht von außen auferlegte Pläne, nach denen er sich richten kann.

„Hast du Lust, zu meiner Party in drei Wochen zu kommen? Bier trinken, grillen, das Übliche eben?“

Sascha will nicht, aber er sagt zu.

Als er am Abend nach Hause kommt, wirft er einen Blick ins Schlafzimmer. Auf der Seite, auf der seine Frau schläft, ist die Bettdecke zur Seite geschoben, so, als wäre sie gerade erst aufgestanden. Er geht unter die Dusche, und als er wieder heraus kommt, stellt er sich vor den Spiegel im Schlafzimmer und sieht sich an, das Handtuch um die Hüfte gewickelt. Wasser tropft aus seinen Haaren, rinnt sein Gesicht herunter und tropft von seinem Kinn auf das Laminat. Er kann das leise Geräusch hören, das der Wassertropfen beim Aufkommen macht. Die Welt ist so still geworden. In der Stille kriechen die Gedanken herum, schleichen über den Boden seiner Wohnung und saugen gierig die Tropfen auf, die von ihm herunterfallen, schlängeln sich an seinen Beinen hinauf und greifen nach seinem Gesicht. Sascha zieht sich an und geht wieder eine Runde im Park laufen, in der Hoffnung, schneller als die Gedanken zu sein.

Am nächsten Morgen steht er auf und fährt in die Klinik. Routinehandlung reiht sich an Routinehandlung. Er läuft gerade durch die Kantine, als sein Handy klingelt.

„Hallo?"

Die ersten Worte des Anrufers sind nicht verständlich, weil die Kantine ein lauter Raum ist.

„Einen Moment bitte, ich gehe kurz vor die Tür", sagt Sascha und geht hinaus auf den Gang. Dort hält er sich das andere Ohr zu.

„Hallo?"

Ein Name und eine Dienststelle werden genannt, Sascha erkennt die Stimme des Polizisten, bei dem seine Frau eine Aussage gemacht hatte.

„Wir können leider nichts weiter tun“, sagt die Stimme. „Wir haben keine Spuren und müssen den Fall ad acta legen. Es tut mir leid.“
Saschas Welt ist ein stiller Ort inmitten des alltäglichen Chaos, sie ist ein Vakuum, in dem er keinen Halt mehr findet.
„Danke für die Information“, sagt er und legt auf.

Als Sascha am Abend nach Hause kommt, hebt er den Pullover seiner Frau auf, der von einer Stuhllehne herunter gerutscht ist. Locker legt er ihn zusammen und hängt ihn wieder über die Lehne.
„Oh, danke“, hört er die Stimme seiner Frau sagen, „ich koche uns was. Wie war dein Tag?“
Sascha sieht in den Kühlschrank, dessen Tür voll mit Bildern ist. Fotos von ihm und seiner Frau, von Freunden, aus Urlauben. Bilder aus glücklichen Tagen. Es ist kein Wein mehr da, also geht Sascha noch einmal los, um welchen zu besorgen. Er fährt zum Supermarkt und packt den Wein und Waschmittel ein. Während er aus dem Markt wieder herauskommt, sucht er seinen Schlüssel in der Jackentasche und sieht zu seinem Wagen. Ein Mann steht dort nah an seinem Auto, und Sascha kommt es vor, als inspiziere er den Wagen.
„Hey!“, ruft er zu ihm herüber.
Der Mann sieht auf und verschwindet.
„Verpiss dich, Mann!“ Sascha sieht dem Mann hinterher, während er seinen Wagen aufschließt. Sein

Handy klingelt. Sascha holt es aus der Tasche und sieht dem Mann nochmals nach. Ein Gedanke ist in seinem Kopf aufgetaucht. Einer, den er nicht fassen kann. Es ist auch kein Gedanke, es ist eher eine Erinnerung.

„Hallo?“, meldet er sich. Er hört die Stimme seines Kollegen.

„Hey Sascha, ich wollte nochmal nachfragen, ob du auch wirklich zu der Party kommst? Bringst du deine Frau mit?“

„Ja.“

„Kannst du noch ein paar Bier mitbringen?“

„Ja.“

„Okay, wir sehen uns ja morgen wieder.“

„Bis dann.“

Sascha steigt in seinen Wagen. An einer Ampel muss er stehen bleiben. Er denkt nach, versucht, die Erinnerung einzufangen, die in seinem Kopf aufgetaucht ist. Andere Erinnerungen kommen ihm in die Quere. Die Erinnerung an den Abend, als er nach Hause gekommen war und seine Frau unter der Dusche stand. Er hatte sich ein Bier aufgemacht, speziell daran kann er sich erinnern, weil es am nächsten Morgen noch in der Küche gestanden hatte. Die Ampel schaltet auf Grün. Er erinnert sich daran, wie er ins Badezimmer gegangen war. Wasser tropfte vom Spiegel und von den Kacheln an den Wänden. Er fährt los, hört sich selbst den Namen seiner Frau rufen. Im Wasserdampf war kaum etwas zu erkennen gewesen. Plötzlich dreht er um, macht einen U-Turn, ohne auf das entgegenkommende Auto zu achten. Er hatte den Namen seiner Frau gerufen, den Vorhang zur Seite geschoben, und ein Teil seines Lebens hatte eine Abbiegung genommen, hatte sich verfahren, war verlorengegangen. Suchend fährt er jetzt die Straßen ab. Und dann entdeckt er ihn. Der Mann, der vorhin an seinem Auto gestanden hatte, läuft lässig einer Frau hinterher, die ihn noch nicht bemerkt hat. Sascha stellt den Wagen ab und geht dem Mann hinterher. Dann ein Griff in die Haare der Frau, ein Zurückreißen ihres Körpers, der in einer Drehung auf dem Asphalt aufschlägt. Ein Schlag in das Gesicht der Frau. Sascha rennt los, rammt den Mann mit seinem Körper an die Seite und kann einen kurzen Blick in dessen Gesicht werfen. Er blickt in seine Erinnerung. Die Frau ist zur Seite gekrochen, kauert nun auf dem Boden. Sie hat braune Haare, wie seine Frau. Sascha schlägt zu, schlägt und tritt immer wieder auf den Mann ein, bis dieser auf dem Boden liegt und sich nicht mehr bewegt. Sascha hört die Frau weinen und dreht sich zu ihr um. Sie hockt immer noch auf dem Boden, zitternd und blutend, ihre braunen Haare hängen ihr vor dem Gesicht. Wie bei seiner Frau, als Sascha den Duschvorhang zur Seite geschoben hatte, und sie auf dem Boden der Dusche kauerte, nackt, zitternd und blutend. Sie hatte sich an ihm festgekrallt, als er sie hochzog und sie ins Krankenhaus brachte. Als sie

zwei Stunden später auf einem Bett in einem Zimmer saß, eine Decke um sich gewickelt, hatte ein Polizist sie nach dem Aussehen ihres Angreifers gefragt.
„Eine Narbe“, sagte seine Frau, „er hatte eine Narbe auf der Wange, eine sehr große.“
Sascha nimmt Anlauf und tritt dem Mann mit dem Fuß auf den Kopf. Er hört einen Schrei von der Frau, dann ist sie still. Sascha dreht sich zu ihr um, sieht die Panik in ihren Augen. Sie weint nicht mehr, hält ihre Hand vor den Mund, damit kein Ton mehr aus ihr herauskommen kann, dann robbt sie rückwärts von Sascha fort. Er geht auf sie zu, aber erschrocken bewegt sich die Frau von ihm noch weiter weg, kommt auf die Beine und rennt davon.

Sascha öffnet die Tür zu seiner stillen Wohnung und beginnt, sich gleich hinter der Tür auszuziehen. Er bemerkt, dass seine Hand zittert. Nackt geht er in sein Wohnzimmer, ohne das Licht anzumachen. Der Pullover seiner Frau ist schon wieder von der Lehne gerutscht. Sascha macht sich einen Drink. Lange steht er so da, nackt und allein in seinem Wohnzimmer, und trinkt. Würde er jetzt Licht anmachen, könnte er sein Spiegelbild im Fenster sehen. So sieht er nur die Häuser auf der anderen Seite der Straße, sieht Lichter, sieht Menschen, die in der Küche stehen und etwas kochen, sieht Kinder in ihren Zimmern spielen und Menschen, die sich auf dem Sofa unterhalten. Sich selbst sieht er nicht, er ist unsichtbar zwischen all dem Leben. Was ist aus ihm geworden? Ein Toter? Ein Mensch außer Kontrolle? Er versucht zu vergessen, was auf der Straße passiert ist. Es versucht, den Blick der Frau zu vergessen, die Angst vor ihm hatte. Er will so vieles vergessen. Diese Wut, diese Gewalt, die er gespürt hat, erschreckt ihn zutiefst. Als ob da nichts anderes mehr gewesen wäre als diese Gewalt. Und jetzt, in diesem Moment, in dem er im Dunklen hier in seinem Wohnzimmer steht, was ist da noch da? Ist er noch vorhanden? Was ist passiert? Wo war er in den letzten Wochen? Wo war die Welt in den letzten Wochen und Monaten? Hat alles aufgehört zu existieren? Ist da wirklich kein einziges Gefühl mehr in ihm? Hat seine Frau alles, was in seinem Leben gut war, mit sich genommen, als sie gegangen ist? Was war denn noch da von ihrem Leben? Eine Zukunft zu dritt nicht mehr. Die war verschwunden, war aus ihr heraus geblutet und dann entfernt worden.

„Es tut mir leid", sagt Sascha und es klingt laut in dieser Wohnung, obwohl er es geflüstert hat. Er kann spüren, wie seine Frau hinter ihn tritt und ihre Arme um ihn legt. Er kann ihren Atem zwischen seinen Schulterblättern spüren. Etwas, das er seit diesem einen Tag nicht mehr gespürt hatte, weil sie in der Nacht nur noch dalag und den Blick an die Decke richtete.

„Es tut mir leid, Laura", sagt er wieder und denkt

daran, wie er die Wochen danach nur noch bei der Arbeit verbracht hatte, weil er nicht mehr nach Hause wollte, weil sie dort war und ihn nicht mehr in ihr Leben gelassen hatte. Und weil er es irgendwann auch nicht mehr wollte. Er wollte nicht mehr an das kleine Leben denken, das es nicht auf die Welt geschafft hatte.

„Ich habe dich allein gelassen", sagt er und denkt an die vielen Tabletten, die Laura nach dem Überfall nahm, um durch den Tag zu kommen, weil sie zu viele Gefühle hatte, im Gegensatz zu ihm, der bis heute keine hat. Laura löst ihre Umarmung und tritt vor ihn. Sie hebt ihre Hände zu seinem Gesicht und Sascha sieht die aufgeschnittenen Pulsadern. Sie küsst ihn.

„Es tut mir leid", sagt Sascha, „es tut mir so unendlich leid."

Seine Frau ist verschwunden. Der Pullover liegt immer noch auf dem Boden.

Es ist früher Abend im Frühling, in den ersten Märztagen ist es immer wärmer geworden und Tobias ist oft unterwegs. Er hat zwei Bewerbungsgespräche gehabt und er träumt von einer Zukunft, in der er nicht ein Haus wie das andere entwirft, sondern in dem er die Geschichte eines alten Gebäudes mit der Moderne verbindet. Er will keine Äcker vor der Stadt bebauen oder auf engen, übriggebliebenen Plätzen in der Stadt Familien einpferchen. Er will

das Vergangene bewahren, weil es da ist, weil es zum Leben dazugehören soll.
Er ist jetzt noch öfter im Park oder rennt mit Lisa über die Wiesen. Sie begegnen einer alten Frau mit einem kleinen Hund, den Lisa streicheln darf. Jetzt will sie auch einen Hund. Sein Handy klingelt und Tobias Leben nimmt die Wendung, auf die er hingearbeitet hat. Er bekommt die Zusage für eine neue Stelle.
„Ich will auch einen Dackel", sagt Lisa, als Tobias aufgehört hat zu telefonieren.
„Das geht nicht so einfach, das müssen wir mit Mama besprechen."
„Sie will nicht, dass ich einen Hund bekomme", sagt Lisa und sieht der alten Frau und ihrem Hund hinterher.
„Kann ich einen Vogel haben?"
Tobias lächelt.

April

Er beginnt seinen neuen Job gleich im April, weil er seinem Chef im Büro gesagt hatte, dass er sich auf andere Stellen bewirbt. Er ist den Weg der Offenheit gegangen und sein Chef bedauerte es, ließ ihn aber aus dem Vertrag. In der ersten Woche im neuen Job ist er viel auf einer Baustelle unterwegs, die kurz vor dem Abschluss steht und genießt es sehr, nicht den ganzen Tag am Schreibtisch vor dem Computer ver-

bringen zu müssen. Am Ende der Woche wollen die neuen Kollegen noch am Abend gemeinsam ausgehen. Ein Feierabendbier trinken gehen, wie sie sagen. Tobias geht mit. In einer Bar bestellen sie alle Bier, nur er nicht. Tobias merkt, dass das den Kollegen auffällt. Er will nicht warten, bis sie fragen, er will es selbst in der Hand haben.
„Ich bin trockener Alkoholiker", sagt er.
Sie heben ihre Bierflaschen an sein Wasserglas, stoßen mit ihm an und sagen nichts weiter dazu. Sie nehmen ihn als das, was er ist, als einen Menschen, der keinen Alkohol mehr trinkt. Schon einen Tag später ist er zum Grillen eingeladen. Keiner bietet ihm mehr ein Bier an, aber es steht ein selbstgemachter Eistee im Kühlschrank, der extra für ihn gemacht worden ist.
Den Sonntag verbringt Tobias in seiner Wohnung. Der Himmel zieht sich zu und ein Regen hält sich dort oben auf, der noch nicht loslassen will. Tobias hat sich einen Sessel bestellt, den er nun aufbaut. Er schiebt ihn in die Ecke neben dem Fenster und macht sich einen Tee. Als die ersten Tropfen herunterfallen, dreht er den Sessel so, dass er hinausschauen kann, öffnet das Fenster und sieht hinaus. Der Frühlingsregen wäscht den Staub der Blüten von den Autos, den Blättern der Bäume, den Häusern und den Menschen. Tobias sieht unten auf der Straße einen Radfahrer, der freihändig die Straße entlang fährt. Ein Bild von Freiheit. Tobias atmet tief

ein und wieder aus und nimmt dabei den Geruch des Regens wahr.
Ein paar Tage später lässt er sich die Haare schneiden, kauft sich eine neue Jeans und ein schönes, langärmeliges Shirt und geht am späten Nachmittag zu einem Termin. Einer der Verlage, den er angeschrieben hatte, hat sich zurückgemeldet und nun darf er sein Buch dort vorzeigen. Der Verleger, an dessen Schreibtisch er jetzt sitzt, sieht sich mit erstaunlicher Ruhe das Buch an, das sich Tobias hat drucken lassen, weil er es Lisa schenken will. Tobias könnte die ganze Zeit vor sich hin lachen, denn er ist glücklich. Natürlich wünscht er sich, der Verleger würde das Buch so nehmen, aber Tobias ist auch so glücklich. Der Verleger sagt, er würde ein anderes Format vorschlagen, weil der Verlag seine Bücher immer in einem bestimmten Format herausgibt und er fragt, ob er das Exemplar behalten darf.
„Das geht leider nicht", antwortet Tobias, „es ist für meine Tochter."
Er muss dem Verleger versprechen, nur dieses eine Exemplar zu verschenken und sie verabschieden sich.
Er kehrt zurück in seine Wohnung, wo er sich die Jacke auszieht und einen Pullover anzieht. Er blickt kurz in den Spiegel, der jetzt im Flur hängt. Seine Haare sind vom Gespräch beim Verleger noch ganz akkurat. Er verwuschelt sie mit seinen Händen und sieht im Spiegel die Weinflasche, die ungeöffnet im

Regal neben seinem Schreibtisch steht. Er will sie beim nächsten gemeinsamen Abend mit seinen Kollegen mitnehmen. Das Schloss, das auf dem Etikett zu sehen ist und das die Vorlage für das Schloss in seinem Buch ist, hat einigen Leuten bei den Anonymen Alkoholikern besonders gut gefallen. Sie fanden es lustig, dass er seine Inspiration ausgerechnet auf einer Weinflasche gefunden hat. Tobias hat es nur leicht verändert, er hat Fensterläden dazu gemalt.
Er zieht sich seine Trainingssachen an und geht im Park laufen. Er spürt, wie seine Füße den Boden berühren, wie sie sich leicht wieder von ihm abheben, wie sie tun, was er will. Die Bank unter der Kastanie kommt in sein Blickfeld, aber er will nicht zu ihr sprinten. Er ist froh, dass er inzwischen ein paar Kilometer laufen kann, ohne sich danach völlig verausgabt zu fühlen. Er hat seine Prioritäten im Leben gefunden.

Sascha kommt in der Klinik an. Sein Kollege begrüßt ihn am Eingang, wo er gerade steht und mit einem Krankenwagenfahrer einen Kaffee trinkt und raucht.
„Hey Sascha, was machst du denn hier? Hast doch heute frei!"
Sascha ist irritiert.
„Ich habe etwas liegen lassen", antwortet er und geht hinein.
Er öffnet seinen Spind, sieht hinein und weiß nicht,

was er tun soll. Er packt ein paar Sachen zusammen, ein Shirt und ein Paar Socken, dann fährt er mit der Hand über die Ablage des oberen Faches. Seine Fingerspitzen finden Papier, halten inne, greifen langsam danach, ziehen es ins Licht des Umkleideraums. Ohne es weiter anzuschauen nimmt er das Exposé seiner vergangenen Zukunft heraus und packt es ein. Draußen trifft er auf den Fahrer, der nun alleine dasteht. Er hält ihm die Kaffeetasse entgegen.

„Hier, der Kollege hat mich im Stich gelassen."

Sie trinken Kaffee. Der Himmel zieht sich zu.

„Alles klar? Hast du Feierabend?"

„Ja", antwortet Sascha.

„Es wird schon wieder regnen."

„Ja."

„Was ist mit dem kollabierten Lungenkrebs von gestern? Hat er es geschafft?"

„Ja, liegt auf der Intensiv. Wird wieder. Vorerst."

„Was machst du am Wochenende?"

Sascha antwortet nicht, der Krankenwagenfahrer grinst.

„Irgendwas mit deiner Frau? Also ich mach auch was mit meiner Frau."

„Du bist verheiratet?", fragt Sascha ihn plötzlich.

„Ja. Warum? Was guckst du so?"

„Keine Ahnung, du bist nur irgendwie nicht der verheiratete Typ, dachte ich."

„Ich bin sogar ein totaler Papa-Typ. Hier, guck."

Der Krankenwagenfahrer holt seine Brieftasche raus

und zeigt Sascha Fotos von Kindern. Sascha kann sich nicht erinnern, wann er das letzte Mal so lange mit jemandem geredet hat. Dabei kennt er den Typen kaum.

„Zwillinge", sagt der Fahrer, „und das ist der Große. Und das ist der Hund. Das perfekte Familienidyll. Also, was machst du mit deiner Frau? Spazieren gehen? Soll gutes Wetter sein."

„Ja, spazieren gehen ist gut."

„Ich gehe shoppen."

Beide gucken in ihren Kaffee. Dann lachen sie.

„Viel Spaß."

„Naja, so schlimm ist es eigentlich gar nicht. Ich setze mich einfach da hin, wo schon die anderen Männer sitzen und warten."

Er trinkt von seinem Kaffee und schaut in die Gegend. Sascha denkt darüber nach, dass er früher auch ein gesprächiger Mann gewesen war.

„Auf diese Weise habe ich schon die Hälfte von Krieg und Frieden durch", fährt der Fahrer fort. Dann schaut er zur Seite und trinkt schnell seinen Kaffee aus.

„Ich muss los. Bis dann. Du bist doch auch zur Grillparty eingeladen, oder? Wir sehen uns dann!"

Sascha sieht dem Krankenwagen nach. Dann wirft er den Pappbecher weg, setzt sich in sein Auto und fährt los. Er ist hungrig, also fährt er zum asiatischen Restaurant und bestellt Nudeln. Er nimmt sie mit zu seinem Auto, das er in der Nähe geparkt hat und isst sie dort. Im Restaurant will er immer noch nicht essen, denn das ergibt ein Bild des Alleinseins. Während er isst, beobachtet er die Menschen um sich herum und blickt auch in den Rückspiegel. Seine Augen sind dunkler geworden. Er weiß, das ist nicht möglich, aber er erkennt, dass sich der Ausdruck in seinem Gesicht verändert hat. Beim Warten auf seine Nudeln hat er eine der Köchinnen gesehen. Sie hatte ihn angesehen und er hatte in ihrem Gesicht einen Ausdruck gesehen, den er nicht richtig einordnen konnte, weil es zwei unterschiedliche Emotionen waren. So etwas wie eine positive Überraschung, gepaart mit einer Art Angst. Oder Glück, mit einer leichten Überforderung. Sie hatte ihm in die Augen gesehen und er hatte sich plötzlich erkannt gefühlt in seiner Unfähigkeit, Emotionen zuzulassen. In dieser Frau schienen so viele Gefühle auf einmal zu sein. Im Gegensatz zu ihr ist er ein kalter, verlassener Ort.

Er liebt dieses leise Quietschen, das entsteht, wenn er die Wohnungstür schließt. Auch, dass er immer an seiner Wohnungstür ziehen muss, wenn er sie abschließen will, weil sie alt und verzogen ist. Dieses Ziehen ist ein Vorgang, den Tobias lieben gelernt hat, denn es hat mit seiner Wohnung zu tun, in der er sich inzwischen so wohl fühlt. Auf dem Weg zum Spielplatz denkt er an die Zeit im Entzug, aber nur, um den Unterschied zu heute zu sehen. In seinem

Kopf zeichnet er ein Bild, wie er die letzten beiden Stufen der Treppe überspringt. Ein dynamischer Moment. Sein Kopf ist voll mit Zeichnungen. Zeichnungen und Geschichten mit Tieren und Blumen, die große Abenteuer bestehen müssen, und Bilder von einem Gummibaum, der in einem Versammlungsraum steht und Bier trinkt. Darüber will er eine Geschichte zeichnen, denn es ist die letzte Aufarbeitung, die er tun will. Nicht, weil er durch etwas durch muss, sondern weil er hindurchgegangen ist. Er hat die Gesichter der Teilnehmer im Kopf und eine Großaufnahme von einem Stuhlbein, das über den Linoleumboden scharrt und einen leichten Kratzer hinterlässt. Wie zeichnet man Verletzungen, fragt sich Tobias plötzlich. Die, die man nicht sieht? Wie einen zerkratzten Linoleumboden? Aber für solche Gedanken hat er noch viel Zeit und sie müssen nicht jetzt sein, denn jetzt ist Frühling. Die Kirschblüten fallen von den Bäumen und die Menschen genießen die Sonne. Er hat sein Bilderbuch in der Hand und ist auf dem Weg zum Treffen mit Lisa. Am Himmel hängt schon wieder ein Frühlingsregen. Ein Sonnenstrahl, der es durch die Wolken schafft, verlängert sich, und Tobias sieht hinauf und ergreift den Lichtstrahl, den ihm die Sonne entgegenstreckt. Sie tanzen gemeinsam über die Straße. Vielleicht sollte er Kurzfilme zeichnen? Es gibt so vieles zu zeichnen. Alles, was er hier sieht. Die Menschen, die Läden, den hässlichen Mops und die Geräusche einer Großstadt. Auch die will er zeichnen. Er will zeichnen, wie der Regen, der jetzt aus dem Himmel bricht, über den Linoleumboden fließt. Für ein paar Minuten stellt er sich unter, damit das Buch nicht nass wird, das er nur in dünnes Geschenkpapier eingewickelt hat.

Der Regen prasselt laut auf Saschas Autodach. Er sieht im Rückspiegel einen Radfahrer, der einfach durch den Regen hindurch fährt, als würde er überhaupt nicht nass werden und als wäre es für ihn etwas Alltägliches, im Regen freihändig zu fahren. Als er wieder nach vorne sieht, erkennt er plötzlich die Köchin, die über die Straße geht. Auch sie läuft durch den Regen, als wäre er eine angenehme warme Dusche nach einem anstrengenden Tag. Diese beiden Menschen haben etwas, das er verloren hat. Mit dem Tod seiner Frau hat auch er sein Leben verloren. In der Klinik sieht er Menschen oft weinen, und jetzt gerade bewundert Sascha sie dafür, weinen zu können. Er klappt den Sonnenschutz herunter, weil die Sonne blendet. Außer ihm werden alle Menschen nass, denkt er und sieht von seinem Auto aus über die Kreuzung. Dann öffnet er die Tür, steigt aus und läuft ein paar Meter im Regen. Er denkt an das viele Wasser, das seine Frau seit dem Tag immer wieder über sich hat laufen lassen, um einen Schmutz wegzuwaschen, der längst nicht mehr auf dem Körper war. Manchmal vier Mal am Tag und wer weiß, wie oft, wenn er gar nicht da war, sondern in der Klinik ausharrte. Jetzt nimmt er den Regen wahr, der ihn durchnässt und beobachtet die Menschen, die Autos und die Welt. Er spürt den Staub der letzten Monate auf seinem Gesicht und hebt den Kopf gen Himmel, damit der Regen sein Gesicht reinwaschen kann. Der Regen fällt auf ihn und die Stadt und die Menschen. Plötzlich hört der Regen auf, als ob ihn jemand einfach abgeschaltet hätte. Der Himmel reißt auf und die Sonne kommt gleißend zum Vorschein. Sascha schließt die Augen, versucht den Schalter zu finden, der ihn wieder zum Leben erwecken kann.

Tobias blickt nach oben in den Himmel, der aufgerissen ist und die Sonne wieder durchlässt. Er läuft am Mekong vorbei, dem thailändischen Restaurant, in das er demnächst mal essen gehen will. In der Tür steht ein Mann und schaut zu einem kleinen Mädchen herunter, das neben ihm steht, ein Springseil in seiner Hand. Die Sonne ist so hell, so leuchtend.

Etwas gibt dem Leben der Menschen einen Stoß. Es ist ein Geräusch, das alle, die sich an der Kreuzung befinden, für einen kurzen Moment aus ihrer Bahn wirft. Denn jeder, der das Geräusch hört, weiß sofort, dass es etwas ändern könnte, weil dieses Geräusch kreischt. Es fährt seine Krallen aus und schreit schrill über den nassen Asphalt. Schultern werden instinktiv hochgezogen, erschreckte Blicke

fliegen über die Kreuzung.
Sascha öffnet die Augen. Ein kurzer Blick und er erkennt die Situation. Sofort rennt er los, rennt auf die Straße und kniet sich neben einen am Boden liegenden Mann. Aus dem Augenwinkel erkennt er viele Menschen, die um sie herum stehen, aber sie interessieren ihn nicht. Ihn interessiert nur dieser Körper, der vor ihm auf der nassen Straße liegt und den er retten muss, weil es seine Pflicht ist. Wie viele Leben gibt es immer noch auf dieser Welt, nur weil er seinen Job getan hat? Wie viele Patientenakten hat er geöffnet und geschlossen, ohne dass er deren Inhalt mit seinem eigenen Leben verbunden hätte? Er war immer gut darin, seinen Beruf und sein Privatleben voneinander zu trennen. Wie viel von dem Leben in den Akten, wie viel von dem Leben, das um ihn herum geschehen ist, hat er wirklich wahrgenommen? Wie viel von all der Schönheit, die das Leben hat, hat er in seiner perfekten Welt überhaupt wahrgenommen? Wie viel hat er verpasst, weil sein Leben so verlaufen war, wie er es geplant hatte? Sascha hat keine Antworten auf diese Fragen, aber er weiß, dass er seine Frau nicht retten konnte in dem Moment, in dem das Leben aus der geplanten Spur gekippt worden war. Er hat gesehen, wie das Leben seiner Frau immer weiter weggespült wurde und er konnte nichts anderes tun, als dabei zusehen und sich hinter seiner Arbeit zu verstecken. Und nun kniet er hier neben einem Mann, dessen Leben in

einem Strom aus Blut vom Regen weggespült wird. Helles Rot auf grauem Asphalt. Er muss einfach, er muss dieses Leben retten, dieses eine, das hier vor ihm auf der Straße liegt und fortgespült wird. Er muss es retten, aber es verschwindet aus dem Körper des Mannes, lässt ihn alleine hier auf der Straße zurück, fließt mit dem Regen fort und Sascha kann es nicht festhalten. Er sieht in das Gesicht des Mannes, das er bisher nicht beachtet hat. Ein zufriedenes Gesicht. Ein Gesicht, das diese Welt verlässt, das stirbt und ihn allein zurücklässt hier auf dieser Straße. Sascha sackt neben dem Mann zusammen, will aufstehen, kommt nur halb hoch und fällt wieder auf den Boden zurück. Etwas in ihm bewegt sich, wirft sich in ihm hin und her, will sich in ein Schreien oder ein Weinen oder in beides verwandeln, sucht einen Ausgang aus ihm heraus. Sascha sieht dem Strom aus Blut hinterher, der sich mit dem Regenwasser vermischt. Er will sich einfach hier und jetzt auf die Straße legen und mit dem abrinnenden Regen davon schwimmen. Er will, dass die Rollen vertauscht werden, dass er anstelle des Mannes hier liegen würde.
Und dann spürt Sascha eine Hand, die sich auf sein Herz legt. Er erkennt die Augen, die ihn ansehen, sofort. Er hört ihre Stimme.
„Tut weh?"
Sascha sieht die Frau an, dann, langsam, legt er seine Hand über die ihre, und endlich weinend sagt er

leise: „Ja, es tut weh.“

Ich habe das große Glück, von Menschen umgeben zu sein, die mich während der Arbeit an diesem Roman sehr unterstützt haben. Menschen, die an mich glauben, ehrliche Kritik üben und sich Zeit für mich nehmen.
Mein Dank geht an Mike und Astrid, Rüdi und meine Mutter, an Kathrin R., Charly S. und Thomas D.
Meinen ganz besonderen Dank möchte ich an Oona T., Christine B. und Robert M. aussprechen, weil sie mir beim Suchen und Finden helfen.

ISBN 978-3-7467-8217-1
9 783746 782171
00008
www.epubli.de